tatort

Todesstrafe

Dieses Buch ist ein Roman. Handlungen und Personen sind frei erfunden. Ähnlichkeiten mit lebenden oder toten Personen sind rein zufällig.

tatort

Todesstrafe

von Oliver G. Wachlin
nach einem Drehbuch von
Mario Giordano und
Andreas Schlüter

emons:

Mix
Produktgruppe aus vorbildlich bewirtschafteten
Wäldern und anderen kontrollierten Herkünften
www.fsc.org Zert.-Nr. GFA-COC-001223
© 1996 Forest Stewardship Council

Agentur: WDR mediagroup licensing GmbH
Begleitbuch zur gleichnamigen ARD-Serie »Tatort«
ARD-Tatort-Koordinator: Prof. Gebhard Henke, Leiter des
WDR-Programmbereiches Fersehfilm, Kino und Serie
Tatort-Drehbuchautoren: Mario Giordano und Andreas Schlüter
Umschlagfoto: MDR / Steffen Junghans
Umschlaggestaltung: Weusthoff-Noël, Hamburg (www.wnkd.de)
Druck und Bindung: CPI – Clausen & Bosse, Leck
Printed in Germany 2009
ISBN 978-3-89705-665-7

Wir bedanken uns bei der Redaktion des Mitteldeutschen Rundfunks
für die freundliche Unterstützung.

Die Titelabbildung zeigt Simone Thomalla als Hauptkommissarin
Eva Saalfeld und Martin Wuttke als Hauptkommissar Andreas Keppler

PROLOG

Du musst es tun!

Du weißt, wie es ist, einem solchen Mann ausgeliefert zu sein. Wie oft hast du gebettelt, er möge aufhören, dich endlich in Ruhe lassen. Doch er hat einfach weitergemacht. Dein Flehen und dein Schreien ließen ihn immer geiler werden. Noch immer hörst du sein Keuchen: »Schrei doch! Na los, flenn, du Heulsuse, mach mich mit deinen Tränen nass!«

Schluss jetzt! Es muss ein Ende haben! Für immer!

Dein Herz rast. Es regt dich auf. Du zitterst, dein Atem geht schnell. Nein, man kann so etwas nicht einfach wegstecken. Das geht nie weg, das bleibt immer in dir drin.

Mit fahrigen Fingern nimmst du die Spraydose vom Regal und schüttelst sie wie ein Graffitikünstler. Deckfarbe, Brillantrot, zum Ausbessern von Lackschäden. Aber man kann damit auch Wände besprühen, sinnlose Logos irgendwelcher Jugendgangs neben Hauseingängen und an Brückenpfeilern. Krakeleien überall, es gibt Tausende davon in der Stadt, und jedes Jahr werden Unsummen dafür ausgegeben, das Zeug wieder abzukriegen. Bis der nächste Sprayer kommt. Andere verzieren nachts ganze Brandmauern mit gigantischen Kunstwerken und hoffen auf Ruhm und Anerkennung. Lauter kleine Keith Harings, mal mehr, mal weniger gut …

Du schüttelst die Dose, die kleine Stahlkugel im Inneren klackert rhythmisch – Brillantrot: gibt es das überhaupt? Rote Brillanten? Vielleicht meinen sie Rubine, aber dann hätten sie auch »Rubinrot« draufschreiben können, und wenn du das Zeug auf den verwitterten schwarzen Bootsrumpf sprühst, sieht es aus wie Blut. Das ist gut. Dann weiß der Perverse gleich, was ihm blüht. Das Urteil ist gesprochen und wird sofort vollstreckt. Er wird das alte Boot nie segeln können. Er wird diesen Tag nicht überleben. Er hat keine Chance. Diesmal wird er nicht davonkommen, denn du bist kein kleiner Junge mehr. Du hast ein Messer. Ein kräftiger Stich von schräg unten ins Herz, und er ist tot, bevor er schreien kann. Es geht ganz schnell. Das hast du gelernt. Lautloses Töten. Und du hast einen Eid geschworen. Für dieses Land. Für unser Volk. Du wirst ihm allzeit treu dienen. Du machst es für Deutschland. Für die anständigen Menschen hier. Du beschützt sie. Du beschützt ihre Kinder vor so perversen Schweinen wie ihm. Du verteidigst die Gerechtigkeit, wo das Recht nichts mehr ausrichten kann.

Nein, niemand wird mehr Kinder quälen! Du machst damit Schluss. Ein für alle Mal! Diese verdammten Schweine haben ausgespielt! Du lässt dich nicht mehr auf ihre ekligen Spiele ein. Es ist vorbei!

Kinderschänder verdienen die Todesstrafe!

EINS

Als Hans Freytag das Haus verließ, sah er sich zunächst gründlich um. Es war ein feuchtwarmer Frühsommermorgen. Über das Connewitzer Kreuz donnerte der Berufsverkehr, der Himmel war bedeckt. Gewitterstimmung, wie seit Tagen schon.

Freytag taten alle Knochen weh, aber er ließ es sich nicht anmerken. Wachsam hielt er Ausschau. Nahm Witterung auf wie ein Tier in der Wildnis, wo überall Gefahren lauern: Beutejäger, Fressfeinde, Wölfe. Aber sie wagten es nicht, ihn am helllichten Tag anzugreifen. Noch nicht. Es gab auch keine neuen Schmierereien an den Wänden. Immerhin. Zweimal schon hatte er mit dem Schrubber rausgemusst, um die Verleumdungen abzuwaschen, mit denen sie ihn aus der Stadt treiben wollten.

Aber Freytag ließ sich nicht provozieren. Er machte weiter. Es ging nicht an, dass diese Leute sein Leben diktierten. Dass andere bestimmen wollten, wer er war und was er zu tun hatte. Dass er aufgrund von irrsinnigen Verdächtigungen seine Identität verlor.

Nicht aufgeben, sagte er sich. Nicht resignieren, das ist es nicht wert.

War es das wirklich nicht? Immer öfter ertappte er sich bei dem Gedanken, abzuhauen. Eine neue Stadt, ein neuer Anfang. Das Leben war zu kurz, um es sich von Spinnern ruinieren zu lassen.

Am Abend zuvor war es spät geworden. Zusammen mit den Jungs hatte er lange am Boot gewerkelt, dann hatten sie noch an der Bar gesessen, Tee getrunken und geredet.

Gegen halb eins hatte er sie nach Hause geschickt, sie mussten heute schließlich früh wieder zur Schule. Er hatte sich noch einen starken Kaffee gemacht, was sicher nicht die beste Idee gewesen war, denn damit brachte er sich um den verdienten Schlaf. Also hatte er am Boot weitergemacht. Das war das Projekt: ein alter Backdecker aus Holz, den er völlig heruntergekommen übernommen hatte, um ihn vor dem sicheren Verfall zu bewahren. Da mussten Spanten ausgewechselt werden, die Planken waren morsch, Beschläge verrostet. Keine Ahnung, wie viel Geld und Arbeit er schon in die Renovierung gesteckt hatte. Auch das Rigg musste noch völlig neu aufgetakelt werden. Aber er hatte ja seine Jungs. Es tat ihnen gut, da mit anzupacken. Es machte Spaß, gemeinsam etwas aufzubauen – das Boot war ihr Werk. Und irgendwann würden sie damit segeln. Vielleicht noch in diesem Herbst, vielleicht erst im nächsten Jahr, aber ins Wasser kam das Boot ganz bestimmt. Daran konnte auch dieser Schlägertyp nichts ändern, der plötzlich aufgetaucht war, betrunken und voller brutaler Vorurteile. Mit so einem Mann kann man nicht diskutieren. So einer redet nicht, der prügelt gleich drauflos.

Er hatte sich nicht gewehrt. Er konnte Schläge aushalten, das war nur körperlich. Viel schlimmer war, dass Sybille inzwischen halb Leipzig gegen ihn aufgehetzt hatte. Mit völlig haltlosen Vorwürfen und den unsinnigsten Verleumdungen. Aber der Pöbel sprang drauf an. Endlich war da mal jemand, an dem man sich abreagieren konnte. Das ganze Elend der Welt gebündelt auf einem Schuldigen – wie praktisch, das funktioniert immer. Und wenn die Meute erst mal von der Leine war …

Jetzt durfte er seine kleine Tochter nicht mehr sehen und bekam täglich Drohungen von Leuten, die ihn überhaupt nicht kannten. Da musste man ruhig bleiben, abwarten – und auf keinen Fall das Weite suchen. Das käme einem Schuldeingeständnis gleich.

Nein, er hatte sich nichts vorzuwerfen. Sollten sie ihn schlagen, verachten, was auch immer, er ging hier nicht weg. Ihm tat zwar alles weh, aber er spürte, dass er lebte. Und die Jungs hielten zu ihm. Das half über einiges hinweg. Sie kamen in zehn Minuten zum Frühstück, also warum sollte er sich beklagen?

Zügig lief er durch den morgendlichen Verkehr über die Straße auf die kleine Bäckerei zu und sprang sportlich über die Absperrung. Schon durch die Auslagen lächelte ihn Frau Kühne an. Noch eine, die zu ihm hielt. Ein gutes Gefühl.

»Schönen guten Morgen!« Lächelnd betrat er den kleinen Verkaufsraum und hielt einer alten Dame, die hinauswollte, die Tür auf. Wie es hier immer duftete! Die besten Semmeln im ganzen Viertel. Der Meister buk hier noch selbst.

»Morgen, Herr Freytag!« Die Bäckersfrau sah ihn besorgt an. »Wie geht's Ihnen?«

»Alles in Ordnung«, versicherte er.

»Wirklich?« Frau Kühne machte eine skeptische Miene. »Bei dem, was Sie gerade durchmachen?«

Er nickte abwinkend, halb so wild, das wird schon wieder.

»Dreißig Gemischte, wie immer?« Frau Kühne nahm eine Tüte und begann sie mit Brötchen zu füllen.

»Heute brauch ich vierzig.«

»Vierzig?« Sie lächelte, gab noch zehn dazu und wollte Freytag gerade die prall gefüllte Tüte über den Tresen reichen, als der Bäckermeister aus seiner Backstube kam und ihr die Brötchen entschieden aus der Hand riss.

»Sie kriegen hier nichts mehr«, sagte er drohend und warf die Tüte zurück in einen der Körbe.

»Wie bitte?« Freytag sah den Meister fragend an.

»Sie haben schon richtig verstanden«, antwortete der mit Nachdruck und verschwand wieder in seiner Backstube.

Frau Kühne guckte betreten und beugte sich über den Tresen.

»Ich bring Sie Ihnen gleich rüber«, sagte sie entschuldigend. »Ja?«

Freytag dankte, doch der Bäckermeister pfiff seine Frau zurück.

»Hast du nicht gehört, was ich gesagt habe?«

»Jetzt fängst du auch noch damit an.« Ruckartig drehte sie sich zu ihrem Mann um und sah ihn verächtlich an. »Ihr spinnt doch alle!« Mit hilfloser Miene wandte sie sich wieder Freytag zu.

Doch der hatte das Geschäft bereits kopfschüttelnd verlassen.

Die alte Gasmesserfabrik in der Kochstraße war ein beeindruckender Ziegelbau aus dem neunzehnten Jahrhundert. Eine dreischiffige Kathedrale der Industrialisierung, die bis zum Ende der neunzehnhundertvierziger Jahre von der Firma Schirmer, Richter und Co. bewirtschaftet worden war. Hinter dem Co. verbarg sich Freytags Urgroßvater. Ihm hatte das Grundstück gehört, auf dem die Fabrik stand, somit galt er als stiller Teilhaber und wurde zum reichen Mann. Dann kamen die Nazis, der Jude Freytag wurde enteignet und später in einem der berüchtigten Vernichtungslager umgebracht.

Nach dem Krieg demontierten die Russen große Teile der Anlagen als Reparationsleistungen und verbrachten sie in die Sowjetunion. Die Firma wurde liquidiert, in den verbliebenen Gebäuden kam 1952 der VEB Werkstoffprüfmaschinen Leipzig unter.

Zur Wende Anfang der neunziger Jahre übernahm die Treuhandanstalt das Gelände und übertrug es auf den ursprünglichen Grundstückseigentümer zurück. So wurde dessen einziger Nachkomme, der Hamburger Skipper Hans Freytag, völlig unverhofft zum Besitzer einer maroden Fabrik im tiefen Binnenland, die etwas herstellte, was niemand mehr brauchte.

Einen Teil des Geländes hatten bereits junge Künstler als Kulturfabrik »instand besetzt«, die die Räume als Ateliers und für freie Theaterbühnen nutzten. Freytag ließ sie gewähren. Da er dringend Geld brauchte, verkaufte er das gesamte Gelände 1996 an die Stadt Leipzig mit der Auflage, die Kulturfabrik zu erhalten. Für sich behielt er nur eine kleinere Werkstatthalle, sozusagen als Heimathafen für die Monate, in denen er nicht um die Welt segelte.

Auf einem seiner Törns hatte er Sybille kennengelernt. Er hatte das hübsche Mädchen in der Karibik aufgelesen, Dominikanische Republik, wo sie eine gescheiterte Karriere als Animateurin in einem Ferienclub hinter sich hatte. Sie war so pleite, dass sie sich kein Rückflugticket leisten konnte. Da er gerade eine Segelyacht nach Deutschland zu überführen hatte, bot er ihr an, sie mitzunehmen.

Leider allerdings stellte sie sich als völlig untauglich für ein Leben auf dem Ozean heraus: Sie wurde bei der kleinsten Welle seekrank. Freytag erzählte ihr von seiner alten Fabrikhalle in Leipzig, und Sybille hatte sofort eine Idee dafür. Ein Eventrestaurant wollte sie daraus machen, mit Artisten und Magiern, die die Gäste unterhalten sollten, während sie aßen. Ein cooler Laden sollte es werden, alles vom Feinsten, die Kundschaft ebenso.

Mit Elan machten sie sich ans Werk, doch wie immer kam es anders. Als die von Sybille anvisierte edle Kundschaft ausblieb, hatte sie eine neue Idee und übernahm einen heruntergekommenen Frisiersalon in Schleußig, den sie nun zum exklusiven Schönheitssalon umbauen wollte. Aber auch das wurde nichts, wieder blieben zahlungsfähige Gäste aus, und weil Freytag immer alles finanzieren sollte, zog er die Reißleine. Sybille sollte kürzertreten, nicht immer alles schick und teuer, wichtig war, dass auch mal Geld hereinkam. Kurz darauf trennte sie sich. Sie hatte wohl einen neuen Geldgeber gefunden.

Seitdem war die Hölle los. Sybille tat alles, um ihn aus ihrem Leben zu verbannen. Sie schreckte vor nichts zurück.

Aber Freytag stand das durch. Er hatte schon ganz andere Sachen durchgestanden. Das wetterte er ab wie einen Sturm, auch wenn es zunehmend schwererfiel.

Schon als er die Eisentür zur alten Werkstatthalle aufschloss, ahnte er, dass etwas nicht stimmte. Da war dieses Geräusch, und es kam von oben. Ein leises Quietschen, metallisches Klappern im Wind. Sein Blick wanderte zu den hohen Fenstern hinauf. Einfaches Glas in engmaschige Stahlrahmen gepresst. Typisch für die Zeit der frühen Industrialisierung. Die Arbeiter brauchten Tageslicht, da Strom noch ein seltenes und kostbares Gut war. Teile des Fensters ließen sich mittels einer Kippvorrichtung öffnen wie eine Lüftungsklappe, um für frische Luft zu sorgen. Eine dieser Lüftungsklappen war aus der Verankerung gerissen und baumelte lose hin und her.

Eigenartig. Freytag erinnerte sich nicht, die Klappe geöffnet zu haben. Der Wind jedenfalls konnte sie nicht herausgerissen haben, draußen war es windstill. Absolute Flaute. Die Ruhe vor dem Sturm, denn für den Vormittag waren Gewitter mit schweren Regenschauern vorhergesagt. Irgendwer musste die Klappe also gelöst haben. Aber warum? Das Fenster lag viel zu hoch, als dass dort jemand hätte einsteigen können.

Langsam ging Freytag weiter. Furcht beschlich ihn, das unbestimmte Gefühl, dass etwas im Gange war. Die Stimmung im Viertel war so aufgeheizt wie lange nicht, und es gab inzwischen genug Irre hier, die alles daransetzten, ihn zur Hölle zu jagen. Was hatten sie sich jetzt wieder ausgedacht? Es roch nach frischem Lack, doch Freytag hatte nichts gestrichen. Im Gegenteil, sie hatten gestern das Kajütdach abgeschliffen, eine staubige Sache, da durfte nichts frisch Lackiertes herumstehen. Nervös stieg er die Stufen zur Werkstatt hoch, wo der Backdecker aufgebockt war.

Und dann sah er es. Krakelige Buchstaben in blutroter Farbe: »Todesstrafe«. Sie hatten es auf den Rumpf des Bootes gesprayt. Ganz frisch. Freytag tippte mit dem Finger auf die Farbe, sie war noch feucht.

Hören die nie auf? Warum lassen sie mich nicht einfach in Ruhe? Fassungslos sank er auf die Knie.

TODESSTRAFE …

Plötzlich hörte er Schritte hinter sich. Hastig fuhr er herum.

Und dann wusste er, dass dies tatsächlich sein Urteil war.

Kurz darauf brach das Gewitter los. Ein gezackter Blitz zerriss den tief hängenden Himmel, dann folgte ein trockenes, lautes Krachen. Fast gleichzeitig öffneten sich die graudunklen Wolken und entließen ihre Wassermassen. Der Lärm der erwachenden Stadt ging im Rauschen des Regens unter. Er trommelte auf Wellblechdächer, pladderte durch die dichten Kronen alter Bäume, gurgelte durch Regenrinnen und Abflüsse. Die Fassaden der Häuser wurden dunkel wie nasse Scheuerlappen, auf dem schwarzen Asphalt vor dem Connewitzer Kreuz spiegelten sich die Lichter der Ampelanlagen und Scheinwerfer, Autos glänzten in blitzblankem Lack. Die Stadt war zur gigantischen Waschanlage geworden.

Unter ihrem Schirm trippelte Frau Kühne zügig um sich ausbreitende Pfützen herum, die Brötchentüte hatte sie in der linken Hand. Wieder donnerte es, doch sie hatte es schon in die Kulturfabrik geschafft. Mit einem Ruck öffnete sie die Tür zur alten Werkstatthalle und klappte den Schirm zu.

»Herr Freytag!«, rief sie fast triumphierend. So weit kam es noch, dass sie sich von ihrem Mann sagen ließ, was zu tun war. Der hatte doch keine Ahnung! »Ich bring die Brötchen!«

Niemand antwortete. Das war seltsam, denn sonst wurden ihr die Brötchen schon immer an der Tür abgenommen. Freytag betrieb in der Halle seit ein paar Monaten eine Art Café und arbeitete mit Jugendlichen an einem alten Segelboot. So hingen sie nicht auf der Straße rum und hatten eine Aufgabe. Frau Kühne hatte die jungen Leute schon oft mit frischen Brötchen versorgt, und immer gab es ein großes Hallo. Und jetzt diese Stille …? Frau Kühne überkam ein ungutes Gefühl. Vorsichtig stieg sie die Stufen zur Halle hoch, wo das Boot aufgebockt war.

»Herr Freytag?«

Nichts. Nur das Geräusch des Regens, der draußen in Pfützen prasselte und an den Scheiben entlangplätscherte. Sie blickte sich unruhig um und sah die rot aufgeschmierten Buchstaben am Rumpf des Bootes. Noch bevor sie entziffern konnte, was da stand, knallte hinter ihr eine Stahltür. Frau Kühne fuhr zusammen, ließ vor Schreck die Tüte fallen, Brötchen kullerten über den Boden.

Zitternd starrte sie auf die Stahltür. Sie führte in den Hof, und irgendwer hatte die Halle eben fluchtartig verlassen. Ein Mann! Ein Jugendlicher?

Mit weichen Knien hockte sie sich hin und sammelte fahrig die Brötchen auf. Vielleicht war Herr Freytag ja woandershin gegangen, um zu frühstücken? Vielleicht sah sie nur Gespenster, und alles war in Ordnung?

Schlagartig ließ der Regen nach, die Wolkendecke riss auf und gab den blauen Himmel frei.

Nein, hier war nichts in Ordnung. Gleißende Sonnenstrahlen erhellten für einen Moment die Halle und machten das Grauen sichtbar.

Frau Kühne gefror das Herz.

ZWEI

Eine samtweiche Frauenstimme kündigte den Intercity-Express aus Frankfurt am Main an, der eben mit zwanzig Minuten Verspätung in den Leipziger Hauptbahnhof einfuhr. Lautlos, wie Keppler bedauernd feststellte. Früher waren die Züge pünktlich, dafür immer mit lautem Kreischen zum Stehen gekommen, da quietschte Stahl auf Stahl so sehr, dass man sich die Ohren zuhalten musste und die Ansagen nicht mehr verstand. Aber heute? Irgendwas mussten sie an den Bremsen gemacht haben. Was schade war, denn quietschende Züge gehörten für Keppler zum Bahnfahren dazu. Es gab auch kein Schienengeratter mehr, rammtamm, tammtamm, alles vorbei. Es war, als würde man über Luftkissen durch die Landschaft schweben. So weich, dass Keppler regelmäßig schlecht wurde. Seit ein paar Jahren schon spielte die Deutsche Bahn Luftfahrt. Statt Fahrkarten gab es jetzt Tickets, die in keine Brieftasche mehr passten, man saß in engen Sitzen mit wackeligen Klapptischen, und die Schaffner sahen aus wie Stewards und servierten Kaffee in Plastikbechern zu Preisen wie bei der Air France. Dazu rote elektronische Anzeigen an den Kabinenwänden, die über Geschwindigkeit, Route und sogenannte Specials informierten, Supersparangebote wie Bahncards für Kinder, Rentner und Katzen. Nur fliegen konnten die Züge trotz allem nicht, weshalb das »Unternehmen Zukunft« vom Volke allgemein als »Deutsche Erdhansa« verspottet wurde.

Keppler schnappte sich seinen Koffer und stieg aus dem Waggon. Der Leipziger Hauptbahnhof ist riesig, größer jedenfalls als der Frankfurter, mit hohen Glasgewölben, von deren Stirnseiten man entweder mit irgendwelcher Werbung begrüßt wird oder mit bunten Plakaten, auf denen »Leipzig kommt!« zu lesen ist.

Seltsamer Slogan, dachte Keppler, hier kommt nicht der Tourist, sondern die Stadt. Die Frage war, wohin sie wollte?

Interessiert sah er sich um. Leipzig also. Evas Stadt. Hier kannte sie sich aus, hier war sie zu Hause. Wie oft hatte sie ihm daheim in Wiesbaden von Leipzig vorgeschwärmt: vom Gewandhaus und der Mädlerpassage in der Innenstadt. Von der berühmten Messe und »Auerbachs Keller«, in dem Goethe schon als Student zu seinem »Faust« inspiriert worden war.

Ob Eva noch immer mit ihrem kleinen Stoffkrokodil zum Dienst erschien, Blumentöpfe aufstellte und ungeheures Chaos verbreitete? Dabei war sie ein taffes Mädchen, immer schon gewesen, erfasste zügig Zusammenhänge, kombinierte blitzschnell. Eine echte Sächsin, hübsch, berechnend und mit viel Charme. Der Typ Frau, vor dem man sich in Acht nehmen musste. Keppler war das nie gelungen.

Er setzte die Sonnenbrille auf und ging, den Koffer in der linken Hand, den Bahnsteig entlang. Wie lange hatte er Eva nicht gesehen? Zehn Jahre? Zwölf? Er wusste es nicht mehr. Sie hatten immer Kontakt gehalten, per Telefon und E-Mail. Sie konnte endlos telefonieren und seitenlange Mails schreiben, in denen sie detailliert beschrieb, wie es ihr ergangen war und was sie gerade tat. Dass sie sich durchgeboxt hatte und jetzt mit einem Arzt vom Pathologischen Institut liiert war, Dr. Striesow, Rechtsmediziner – na prima! Zudem hatte man sie zur Hauptkommissarin befördert und ihr endlich eine neue

Mordkommission übertragen. Da hätte sie Keppler gerne mit im Team.

Aber Keppler hatte partout nicht gewollt und sich mit aller Macht gesträubt. Eva und er, das war vorbei, ein anderer Lebensabschnitt, längst geschlossen und verpackt, das sollte man nicht wieder aufschnüren.

Und trotzdem stand er jetzt hier mit seinem Koffer auf dem Leipziger Hauptbahnhof.

Vielleicht weil er neugierig war?

***

»Morgen, Frau Saalfeld!«

»Guten Morgen!«

»Glückwunsch zur neuen Stelle!«

»Danke!«

Eva parkte ihren silbergrauen Kombi vor der neuen Dienststelle in der Plagwitzer Industriestraße und war zufrieden. Hier residierte fortan die zweite Mordkommission, und sie war die Chefin. Am Ort, wo alles begann. Was für eine Entwicklung: Einst galt sie hier in Leipzig als das Küken; eine junge idealistische Volkspolizistin, die an das Bessere glaubte, bis alles zusammenbrach und die alten Claqueure so zügig die Fahnen wechselten. Eva hatte es nicht verstanden. Sie hatte ihnen geglaubt. Immer! Den weise daherredenden Parteisekretären und väterlichen Funktionären, die stets eine glückliche Zukunft und ein erfülltes Leben im Sozialismus gepredigt hatten. Und plötzlich sollte das alles nicht mehr gelten? Mit der gleichen Selbstsicherheit, mit der zuvor noch der Sieg des Kommunismus prophezeit worden war, stilisierten sie nun die Deutsche Demokratische Republik zum diktatorischen Monstrum, das völlig zu

Recht auf dem Müllhaufen der Geschichte gelandet war, und sich selbst zu wackeren Kämpfern wider das Regime. Honecker floh ins Exil nach Chile, seine Funktionäre propagierten fortan die freie Marktwirtschaft und wählten geschlossen CDU. Nur Eva Saalfeld bekam nicht halb so schnell die Kurve. Im Gegenteil. Sie war zur Trümmerfrau ihrer eigenen Träume geworden.

»Guten Tag, Frau Saalfeld.«

»Hallo, Eva.«

»Hallo, Frau Saalfeld.« Eva grüßte die Kollegen nach links und rechts zurück und quittierte die freundliche Aufnahme als neue Chefin mit einem zuversichtlichen: »Wird schon!«

Kein Zweifel, heute waren sie hier stolz auf sie. Das Küken war zur Vorzeigebeamtin geworden, eine Kriminalistin mit guter Aufklärungsquote und einem Maskottchen: »Wachtmeister«, das Stoffkrokodil mit Polizeimütze. Sie hatte sich Respekt verschafft in der rauen Männerwelt der Leipziger Polizei. Neununddreißig Jahre war sie jetzt, reifer geworden, doch lange nicht weise. Man übersah sie nicht mehr, und Eva beeilte sich, zügig ins Büro zu kommen, damit sie nicht wie ein Kind vor Freude in die Luft sprang. Denn so war ihr zumute. Monatelang hatte sie dem Chef in den Ohren gelegen, ihr endlich Verantwortung zu übertragen. Sie war zwar zur Hauptkommissarin befördert worden, ein eigener Dienstbereich aber war ihr versagt geblieben. Männliche Kollegen führten schon mit Mitte zwanzig ganze Einsatzgruppen, warum also sie nicht?

Schließlich hatte sich der Polizeidirektor persönlich für den Aufbau einer zweiten Mordkommission starkgemacht. Zumal Eva versprach, nicht nur ihr Stoffkroko Wachtmeister, sondern auch den Wiesbadener Hauptkommissar Andreas Keppler mit ins Boot zu holen, einen der fähigsten Kriminalisten im Land. Das zog. In aller Eile war das alte Gebäude der Bereitschaftspolizeischule in Plagwitz umgebaut und mit neuester Technik ausgerüstet worden. Die Computer waren zwar noch nicht angeschlossen, aber schon jetzt galt die zweite Leipziger Mordkommission als die modernste Dienststelle ihrer Art.

»Guten Tag, Frau Saalfeld!«

»Hallo.«

»Herzlichen Glückwunsch auch von mir!«

»Danke.« Sie versuchte, sich den Stolz nicht anmerken zu lassen, und schloss die Tür hinter sich. Ihr neues Büro. Es roch nach frischer Farbe, und in der Computertastatur steckte eine kleine Karte, die ein Stoffkroko mit Polizeimütze zeigte. »Toi, toi, toi«, stand darauf und auf der Rückseite: »Die Kollegen vom K 11«.

Eva lächelte und sah sich um: zwei sich gegenüberliegende Schreibtische, ein paar Schränke, Telefon, sonst nichts. Ziemlich karg, aber so mochte es Keppler. Nichts durfte ihn vom Eigentlichen ablenken. Er brauche Platz zum Denken, sagte er immer, da dürfe nichts unnötig herumliegen. In Wiesbaden hatte er nicht mal einen PC an seinem Platz. Nur drei kleine Notizblöcke, sorgsam nebeneinander ausgerichtet. Rechts schrieb er alles auf, was ihm zu einem Fall einfiel, in der Mitte wurde die Faktenlage sortiert, links die daraus resultierenden Schlussfolgerungen. Stundenlang konnte er über seinen Zetteln grübeln, nur um am Ende alles wegzuwerfen und neu anzufangen. Aber irgendwann hatte er es. Ganz ohne Computer.

Stoffkroko Wachtmeister bekam einen Platz am Fenster, und für sich hatte Eva einen Lavendeltopf mitgebracht. Der kam auf ihren Schreibtisch. Keppler würde zwar murren, aber sie mochte den Duft von frischem Lavendel und wollte wenigstens eine persönliche Kleinigkeit hier um sich haben. Schließlich würde sie fortan ihr halbes Leben in diesem Büro verbringen.

Um Keppler zu versöhnen, legte sie ihm schon mal die drei kleinen Notizblöcke bereit, genau in einer Reihe nebeneinander – so wie er es gern hatte.

Das Telefon unterbrach ihre Gedanken. Eva nahm ab.

»Ja, Saalfeld?«

»Keppler schon da?« Der Polizeidirektor persönlich war dran.

»Nein, noch nicht«, erwiderte Eva.

»Er wird gebraucht.«

Das war klar. Sie atmete enttäuscht durch. Keppler war noch nicht einmal hier, da riefen sie schon nach ihm. Und sie? Galt sie etwa nichts? Aber so waren die Männer, nahmen Frauen einfach nicht für voll. Immer noch nicht. Wahrscheinlich ändert sich das nie. Sie durfte zwar die Kommission leiten, aber ermitteln sollten bitte die Männer. Vermutlich hätte man ihr den Job gar nicht gegeben, wenn sie ihren tollen Exmann nicht ins Spiel gebracht hätte. Aber die würden sich noch wundern. »Hauptkommissar Keppler muss gleich kommen«, sagte sie gefasst und sah auf die Uhr.

»Er muss nach Connewitz zur Kulturfabrik.«

»Ich übernehme das, danke.« Eva legte auf und zog einen Kugelschreiber aus ihrer Lederjacke. Montblanc, nicht billig. Sozusagen als Begrüßungsgeschenk. Sie legte den Kugelschreiber waagerecht über die Notizblöcke auf Kepplers Schreibtisch und griff erneut zum Telefon.

***

Genau sieben Minuten nach sieben piepte bei Keppler zum dritten Mal an diesem Morgen das Handy. Eigentlich müsste man den Kerl, der die Menschheit mit diesen nervtötenden Dingern bedacht hat, standrechtlich erschießen.

Seufzend stellte er den Koffer ab und zog das Mobiltelefon hervor. Auf dem Display erschien eine ihm unbekannte Nummer. Keppler hielt es sich ans Ohr.

»Ja?«

Natürlich war es wieder Eva, wie die anderen beiden Male auch. Erst hatte sie ihn geweckt, damit er seinen Zug nicht verschlief, dann kontrolliert, ob er tatsächlich drinsaß. Nun rief sie von ihrem neuen Diensttelefon an und wollte wissen, ob er schon in Leipzig sei.

»Bin ich«, antwortete er.

Eva wurde dienstlich. Es gebe Arbeit. Eine Leiche, vermutlich Mord, in der Connewitzer Kulturfabrik.

»Wo ist das?«, erkundigte sich Keppler.

Eva erklärte es ihm und bot an, ihn abzuholen. Aber Keppler winkte ab. Der erste Eindruck einer Stadt erschloss sich ihm am besten zu Fuß oder mit der Straßenbahn. Erleichtert steckte er das Handy weg und machte sich auf den Weg. Es war gut, dass es gleich etwas zu tun gab. Dann blieb keine Zeit, um das Private wieder aufzurühren. Eva und er würden sich auf ihren Fall konzentrieren und Schluss. Das war alles. Sie machten ihren Job, damit waren sie wenigstens vertraut und nicht solche Versager wie in der Liebe.

Doch zuvor musste er sich orientieren. Er stand auf dem Bahnhofsvorplatz, den sie nach Willy Brandt benannt hatten, und blätterte in seinem Stadtplan. Er hatte sich Leipzig viel kleinstädtischer vorgestellt, und nun war hier der Teufel los. Über die riesige Kreuzung brüllte der Verkehr, zig Straßenbahnen entließen Hunderte von meist sehr jungen Menschen. Hübsche Mädels darunter – aber Sachsen ist ja für seine schönen Frauen bekannt. Außerdem ist Leipzig seit Jahrhunderten Universitätsstadt, das zieht die Jugend an.

Seinem Plan entnahm Keppler, dass er zum Connewitzer Kreuz musste, südlich von hier, mit den Straßenbahnen der Linie 10 oder 11 zu erreichen. Doch wo hielten die? Mit dem Koffer in der Hand irrte er zwischen den unterschiedlichen Haltepunkten herum, bis ihn eine freundliche Frau erlöste und – »Nu gommse ma, des hamma gleisch« – in eine Tram der Linie 10 setzte.

Es ging über den Leipziger Innenstadtring, der, seit die Montagsdemonstrationen im Herbst 1989 das friedliche Ende der DDR eingeleitet hatten, auf der ganzen Welt bekannt war. Dann weiter die Karl-Liebknecht-Straße hinunter mit ihrem großstädtischen Flair.

Keppler fielen die liebevoll restaurierten Altbauten auf, Straßen mit gemütlichen Kneipen, Clubs und Cafés – kurz: Die Stadt gefiel ihm auf den ersten Blick. Ob sie auch dem zweiten standhielt, würde sich zeigen.

DREI

Keppler stieg an der Haltestelle Connewitzer Kreuz aus und bog nach einigen Metern scharf rechts in die Kochstraße ein. Schon von Weitem waren die Polizeiabsperrungen vor der Kulturfabrik zu sehen. Mehrere Streifenwagen standen im Hof, ein Leichenwagen und die Fahrzeuge der Spurensicherung. An den rot-weiß gestreiften Plastikbändern stauten sich die Gaffer.

Ein silbergrauer Kombi wurde durchgelassen, und eine Frau stieg aus: Eva.

»Hallo, Menzel!«, begrüßte sie einen der in weiße Einwegoveralls gekleideten Spurensicherer und setzte ein aufmunterndes »Na?« hinzu.

»Hallo, Eva!« Der Spurensicherer erwiderte ihren Handschlag und wirkte ungeduldig. »Können wir jetzt rein?«

»Noch nicht.« Eva wandte sich ab. »Wünsch uns mal Glück!«

Keppler kam näher. Er hatte sie sofort erkannt. Sie trug die Lederjacke, die sie sich damals während der Scheidung gekauft hatte, um, wie sie sagte, sich etwas Gutes zu tun. Eine neue Jacke – ein neues Leben. Und ihr schönes kastanienbraunes Haar war jetzt lang und offen, so wie er es sich früher immer gewünscht hatte. Zu seiner Zeit trug sie einen Bubikopf, kurz, zerstrubbelt, und Keppler hatte ein paarmal gefragt, warum sie es sich nicht lang wachsen ließ. Aber Eva wollte nicht. Sie würde dann zu mädchenhaft aussehen, fand sie, und sie habe schon so genug zu tun, um von den Männern ernst genommen zu werden. Na ja. Sie wusste eben schon immer genau, was sie wollte, war stets voller Ehrgeiz, sehr geschäftig und selten unaufgeregt.

Auch heute wirbelte sie wie elektrisiert herum, begrüßte herzlich die Kollegen und wünschte sich und dem Team Erfolg, bevor sie die Übernahme des Tatorts quittierte und die einzelnen Aufgaben verteilte.

Keppler stellte den Koffer ab und lächelte. Kein Zweifel, das war seine Eva. Attraktiv, selbstbewusst, nie unauffällig.

Plötzlich fiel ihm ein schmaler Junge auf, der neben ihm am Absperrband stand. Kapuzenshirt, dunkle Jacke, etwas blass, vielleicht fünfzehn, sechzehn Jahre alt. Wie erstarrt stand er da und sah auf die Polizisten und den Leichenwagen im Hof der Kulturfabrik. Dann bemerkte er Kepplers forschenden Blick, entfernte sich rasch und gesellte sich zu einer Gruppe Gleichaltriger, die etwas abseits Blumen niederlegte, Abschiedsbriefe und Fotos des Toten.

Wie schnell das geht, dachte Keppler, die Jungs können doch noch gar nicht lange wissen, was hier passiert ist. Und trotzdem haben sie schon ihre kleine private Trauerstätte eingerichtet. Ein anderer Jugendlicher trat auf den Blassen zu. Die beiden sprachen leise miteinander, und Keppler hätte gerne gehört, über was sie sich unterhielten, doch plötzlich stand Eva hinter ihm.

»Hallo, Keppler. Genug gesehen?«

Er drehte sich um und erschrak, wie nahe sie ihm plötzlich war. »Tag, Eva.«

Sie war etwas größer als er, das hatte ihm immer gut gefallen. Und nach all den Jahren noch erkannte er ihren Geruch, Chopard, der Patschuliduft mit einer süßlichen Note. Wie vertraut das war. Und er mochte sie, immer noch, er mochte ihre Stimme und ihren sanften Blick aus dunklen, leicht schräg gestellten Augen. Er mochte ihre slawischen Züge und die schmale Nase über dem weich geschwungenen Mund. Er mochte ihr Lächeln.

»Nie genug gesehen«, antwortete er leise.

Eva biss sich verlegen auf die Lippen.

»Gut siehst du aus«, sagte sie schließlich.

»Danke.« Keppler spürte seine innere Anspannung. Wir stehen hier wie die Deppen, dachte er, und dabei waren wir mal verheiratet. Wir haben uns geliebt, wir sollten uns kennen, warum also die Nervosität? Oder war es gerade deshalb? Zwei Geschiedene, die sich zu gut kennen? Die es nicht mehr ausgehalten haben miteinander, weil sie glaubten, alles vom anderen zu wissen? Er überlegte, wie er die unbeholfene Distanz zwischen ihnen überwinden könnte. Ein lockeres Wort, ein charmanter Witz, die lässige Erwiderung ihres Kompliments – all das hätte die Situation auflockern können. Doch er war nie ein Mann flotter Sprüche gewesen, und wahrscheinlich erwartete sie auch nichts Derartiges von ihm.

»Tja dann …« Eva hob die Schultern und suchte nach den üblichen Begrüßungsfloskeln. »Willkommen in Leipzig … Oder …« Sie seufzte ratlos.

Tja, dachte Keppler, mir geht's genauso. Und natürlich war es ein Fehler, nach Leipzig zu kommen. Aber nun war er hier, und es gab einen ungeklärten Todesfall. Zeit, sich umzusehen. Er hob das rot-weiße Absperrband an, duckte sich etwas und schob sich an Eva vorbei, um den Tatort in Besitz zu nehmen.

»Was haben wir denn?«

»Den Besitzer des Ladens.« Eva lief ihm nach. »Offensichtlich erstochen.«

»Hier!« Keppler drückte einem vorbeilaufenden Uniformierten den Koffer in die Hand. »Danke. – Und können Sie mir einen Kaffee besorgen?« Er sah Eva an. »War schon jemand am Tatort?«

»Nein. Ich hab die Spurensicherung draußen gelassen«, antwortete sie, »deinetwegen.«

»Sehr aufmerksam.« Sie waren auch früher schon immer dann besonders erfolgreich gewesen, wenn sie ihn machen ließ. Er war der Erfahrene, er vertraute seinem Instinkt, und wenn es einen Fall gab, bestand er darauf, den Tatort als Erster in Augenschein zu nehmen. Noch vor der Spurensicherung, das war wichtig. Der Tatort musste noch jungfräulich sein. Keppler wollte der Erste sein, der nach dem Verbrecher kam. Manchmal hing noch der Geruch des Mörders im Raum …

»Hier!« Eva gab ihm eine Plastikkarte. »Dein Dienstausweis, damit du nicht weiter draußen stehen bleiben musst.« So schnell ließ sie sich das Heft nicht aus der Hand nehmen. »Aber verschussele ihn nicht gleich«, setzte sie noch einen drauf, um dann vor der Spurensicherung die souveräne Chefin zu geben: »Hallo, Wolfgang, das ist Andreas Keppler, Hauptkommissar«, stellte sie ihn vor und deutete dann auf den Mann im weißen Overall. »Wolfgang Menzel, KTU.«

»Schon von Ihnen gehört.« Menzel hielt Keppler die Hand zur Begrüßung hin, doch der interessierte sich mehr für seinen neuen Dienstausweis. Nette Plastikkarte, sehr modern. Ob man damit auch Türen öffnen kann? Oder Geld abheben?

»Tag!«, wurde der Spurensicherer deutlicher.

Ohne Erfolg, denn Keppler war nicht hier, um irgendwelche Leute kennenzulernen, sondern um zu arbeiten. Doch Eva hielt sich wohl an das, was man ihr in Führungsseminaren beigebracht hatte – Teamgeist, Teamgeist, Teamgeist – und lächelte Menzel aufmunternd an.

»Und«, erkundigte sie sich, »habt ihr schon was Neues?«

»Na ja, nicht viel«, sagte Menzel und sah auf die Fabrikhalle. »Das Opfer ist wie gesagt der Besitzer des Ladens: Hans Freytag, neununddreißig. Und«, er bedachte Keppler mit einem beleidigten Blick, »er ist noch nicht lange tot. Schätzungsweise halb sieben.« Er deutete mit dem Kopf in eine unbestimmte Richtung. »Die Frau des Bäckers dort drüben hat ihn entdeckt. – Frau Kühne.«

»Mhmhm«, machte Eva nachdenklich.

»Gibt es sonst noch Zeugen?«, erkundigte sich Keppler.

»Bisher nicht.« Menzel war offenbar noch immer verärgert, weil Keppler ihm nicht die Hand gegeben hatte, und antwortete nur unwillig: »Aber diese Frau Kühne hat jemanden wegrennen sehen.« Er sah Eva an. »Wann können wir endlich?«

»Später«, beschied sie ihn und nahm stattdessen Keppler mit in die Halle.

Verblüfft sah Menzel ihnen nach.

Die alte Werkstatthalle war in zwei Ebenen unterteilt. Unten lief ein ebenerdiger, teilweise gefliester Gang um die eigentliche Halle, die etwas höher lag und über eine schmale Treppe zu erreichen war. Davor befand sich hinter einem vergitterten Verschlag die ehemalige Werkzeugausgabe. Jetzt standen dort Garderobenständer, und an der Wand lehnte ein großes Emailleschild, das hier nicht hingehörte. Es zeigte ein drolliges, auf einem Hochseil balancierendes Brathuhn unter einem Sternenhimmel, das dem Betrachter mit Champagner zuprostete. Darunter stand in goldenen Lettern: »Amuse-Gueule – das Eventrestaurant am Connewitzer Kreuz«.

Keppler schüttelte unmerklich den Kopf und folgte Eva über die Stufen in die Halle. Offensichtlich war sie vor nicht allzu langer Zeit gastronomisch genutzt worden. Podeste teilten den Raum in verschiedene Ebenen, unter einer Galerie an der Wand waren Tische und Stühle aufgestapelt. Zudem gab es Barhocker und Stehtische und eine Beleuchtungsanlage wie in einem Musikclub oder einer Diskothek. Auf einem Tresen stand eine geöffnete elektronische Registrierkasse, die nicht angeschlossen war. Der riesige Raum schien heute mehr als Bootswerkstatt zu dienen. Es standen Farbeimer herum, auf einer Hobelbank vor einem Baugerüst an der Wand lagen Werkzeuge, und dort, wo man in einem Club die Tanzfläche erwarten würde, war auf Europaletten ein alter Kajütsegler aus Holz aufgebockt. Irgendwer hatte mit roter Farbe »Todesstrafe« auf den verwitterten Rumpf geschmiert.

Seitlich davon breitete sich eine Blutlache aus, in der ein Mann lag. Tot, regelrecht abgeschlachtet. Kein schöner Anblick.

Die Kommissare holten tief Luft und hockten sich dann neben die Leiche. Auch der Pullover des Toten war blutdurchtränkt.

»Messerstiche«, stellte Keppler fest. Er zog sich sterile Latexhandschuhe über die Finger und berührte vorsichtig einen der vielen Einstiche im Oberkörper des Ermordeten. Das Blut war noch frisch.

»Keine sichtbaren Spuren von Gegenwehr.« Er sah sich um.

»Warum hat er nicht um Hilfe gerufen?«, fragte Eva.

Wer sagt denn, dass er das nicht hat?, dachte Keppler, antwortete aber mit diplomatischer Nachsicht: »Vielleicht kannte er seinen Mörder.«

Eva erhob sich wieder und lief suchend in der Halle umher.

»Hier sind Blutspuren auf der Erde«, stellte sie fest, ging an den Tresen und begutachtete die Registrierkasse. »Die Kasse ist aufgebrochen und leer.«

»Du meinst, Raubmord?« Keppler hockte noch immer bei der Leiche. »Bisschen ungünstige Zeit. Ist doch gar nichts drin in der Kasse.«

»Vielleicht wusste es der Täter besser?«

Eva und ihre vorschnellen Theorien, dachte Keppler. Geld ist zwar immer ein Mordmotiv, aber das hier ... Nee. Im »Amuse-Gueule« war schon lange der Ofen aus, so viel stand fest. Vielleicht wollte der Täter einen Raubmord vortäuschen, aber dann hatte er sich ziemlich dämlich angestellt. Was aber bedeutete der ungelenk aufs Boot gesprayte Schriftzug »Todesstrafe«? Das klang dann doch mehr nach Abrechnung. Oder war es die nachträgliche Begründung für den Mord? Hingeschmiert vom Täter, als er begriff, was er angerichtet hatte? Die Psyche des Menschen ist unergründlich, dachte Keppler, das macht ihn so gefährlich.

»Ich glaub nicht, dass es Raubmord war«, sagte er nachdenklich, »die Messerstiche und dann die Schrift auf dem Boot ...« Er schüttelte den Kopf. »Kann ich mir irgendwie nicht vorstellen.« Konzentriert betrachtete er die Hände des Toten. Auch hier gab es ein paar kleinere Wunden, doch das konnten Verletzungen sein, die man sich beim Holzbau zuzieht. Jedenfalls sahen die Finger so aus, als hätte der Mann noch vor Kurzem an diesem Boot gearbeitet.

»Ich bin dann mal weg«, sagte Eva unvermittelt und zog sich die Handschuhe aus.

Keppler würdigte sie keines Blickes und blieb vor

dem Toten hocken. »Mhm«, machte er nur gedankenverloren, als sie die Halle verließ.

»Herr Gebert?« Eva hatte ihr Handy noch in der Halle hervorgeholt. »Ich brauche ein paar Kollegen zur Zeugenermittlung im Tatortbereich …« Sie wurde von den ungeduldig heraneilenden Spurensicherern gestoppt.

»Und? Können wir jetzt?«

»Erst wenn Keppler grünes Licht gibt«, wiegelte sie ab.

Menzel sah sie fragend an. Seit anderthalb Stunden wartete er nun schon auf seinen Einsatz.

»Ja, sehe ich aus wie Keppler?« Eva schüttelte den Kopf und wandte sich ab. »Entschuldigung«, sprach sie weiter geschäftig in ihr Handy, »ja, nicht heute noch, sondern sofort! Danke!«, und verschwand.

Menzel und sein Kollege stellten perplex ihre Instrumentenkoffer ab. Na prima! Super war das, ganz großartig. Das konnten ja tolle Zeiten werden, wenn fortan dieser Superbulle aus Wiesbaden bei jedem neuen Fall stundenlang den Tatort blockierte.

VIER

Die Konditorei Kühne befand sich nur ein paar Schritte von der Kulturfabrik entfernt in der Karl-Liebknecht-Straße. Es hatte sie schon zu DDR-Zeiten gegeben. Evas erste eigene Wohnung, ein winziges Zimmer in einem engen Hinterhof, war ganz in der Nähe gewesen. Damals hatte sie sich bei Kühnes regelmäßig mit Quarkkuchen und frischen Schrotbrötchen versorgt. Ob die Bäckersfrau sie noch erkennen würde?

Doch auch Frau Kühne war älter geworden. Als Eva den Laden betrat, stand die Bäckersfrau bleich und mit eingefallenem Gesicht hinter dem Tresen.

»Guten Tag.« Eva lächelte, und natürlich wurde sie nicht erkannt. »Eva Saalfeld, Kripo Leipzig«, stellte sie sich daher vor, doch Frau Kühne blieb völlig regungslos. Wie gelähmt blickte sie ins Leere.

»Frau Kühne?« Eva zog ihren Dienstausweis hervor. »Ich würde Sie gern sprechen.«

Jetzt erst sah die Bäckersfrau auf, so als würde sie aus einem Alptraum schrecken, nur um zu erkennen, dass die Realität noch furchtbarer ist. Sie wandte sich ab, griff sich mit fahrigen Fingern ins Haar und stolperte aus dem Verkaufsraum.

Besorgt folgte Eva ihr in die Backstube. Die Frau stand unter Schock, so viel war klar. Man hätte sie nicht allein lassen dürfen.

Frau Kühne stand zusammengesunken am Fenster, schwer auf eine Anrichte gestützt, und rang mit den Tränen.

Eva stand an der Tür, wartete ab.

»Sie haben den Toten gefunden?«, fragte sie schließlich so mitfühlend wie möglich.

Frau Kühne nickte, ohne aufzusehen.

Eva holte tief Luft. Dann ging sie langsam durch den Raum und stellte sich neben die Bäckersfrau. Sie tat ihr leid, und Eva wollte sie trösten. Aber wie? Ging das überhaupt? Konnte man über einen Mord hinwegtrösten? Ein Verbrechen, begangen an einem Menschen, den man kannte, dem Frau Kühne nur die Brötchen bringen wollte? Und dann findet sie ihn tot, brutal abgestochen wie ein Schwein. – Nein, Eva seufzte, da kann es keinen Trost geben.

»Wissen Sie noch, wann das war?«

»So kurz vor sieben rum.« Frau Kühne hob langsam den Kopf. Mit feuchtem, verlorenem Blick sah sie aus dem Fenster. »Wenn ich eher gegangen wäre«, flüsterte sie, »dann hätte ich ihn vielleicht …« Ihre Stimme zitterte vor Fassungslosigkeit: »Mein Gott! Wie er da lag …«

Im Hintergrund klapperte etwas. Vermutlich ein Backblech.

Eva blickte auf und sah den Bäckermeister. Behäbig wischte er sich die mehligen Hände an seiner Schürze ab.

Auch Frau Kühne hatte sich zu ihrem Mann umgewandt, drehte sich aber gleich wieder weg. So als würde eine Bedrohung von ihm ausgehen, etwas, das sie nicht ertragen konnte.

»Sie haben jemanden wegrennen sehen, richtig?«

»Ja«, Frau Kühne nickte, »als ich in der Halle war, ist hinter mir jemand weggerannt.« Hilflos sah sie Eva an. »Ich hab ihn aber nicht erkennen können.«

»Ihn?« Eva kniff die Augen zusammen.

»Es war ein Mann«, sagte Frau Kühne bestimmt, »vielleicht ein Jugendlicher.«

»Ist Ihnen irgendetwas aufgefallen, irgendein Detail?«

Die Bedrohung durch den Bäckermeister war jetzt fast spürbar. Reglos stand er in der Tür und hörte zu. Als wolle er jedes Wort kontrollieren, das seine Frau von sich gab.

Die drehte sich jetzt zu ihm um und sah ihn hasserfüllt an. »Dass es so weit kommen musste!«

»Dass was so weit kommen musste?«, fragte Eva nach, bekam aber keine Antwort. Etwas stimmte nicht zwischen diesen Eheleuten, so viel war klar. Frau Kühne verachtete ihren Mann. Aber wofür? Und sie hatte Angst vor ihm.

Eva straffte sich. »Frau Kühne, ich muss Sie bitten, mit mir noch mal in die Fabrik zu kommen.«

***

Keppler war auf das Boot geklettert und saß auf dem Dach der kleinen Kajüte. Ein exponierter Platz, man konnte von hier fast jeden Winkel einsehen. Das war gut. Er brauchte einen Überblick. Hier war ein Mensch ermordet worden, und die Frage war, warum.

Was war das für ein Mann gewesen, der hier seine Tage verbracht und offenbar gestern noch das Boot restauriert hatte? Kajütdach sowie Teile des Decks waren frisch abgeschliffen, und es roch warm nach altem Eichenholz.

Und sonst, überlegte Keppler, was hat Freytag noch getan? Etwas, was andere dazu brachte, sich als Richter aufzuspielen?

»Todesstrafe« – das war Urteil wie Drohung. Was hatte sich abgespielt im Leben des Hans Freytag? Was geschah in dessen letzten Minuten? Und hatte der selbst ernannte Richter auch die Rolle des Henkers übernommen?

Die Halle war über zwei Wege erreichbar. Der eine führte von unten durch eine kleinere Stahltür über eine Treppe, der andere durch eine weitere Stahltür in den großen Toren an der Südseite. Von da ging es über eine Rampe in den Hof. Beide Türen waren nicht verschlossen, die zur Rampe nur angelehnt. War dort der Täter geflüchtet? Oder hereingekommen? Und wo befand sich zu diesem Zeitpunkt sein Opfer? Stand es am Tresen? Was hatte es vor? Machte sich Freytag hier sein Frühstück? Immerhin war der Kühlschrank hinter der Bar so vollgepackt mit Wurst und Käse, dass hier eine ganze Kompanie hätte frühstücken können. Zudem war Kaffee in der Maschine, zehn Tassen, frisch aufgebrüht. Aber wo waren die Leute, die diesen Kaffee trinken sollten?

Und musste Freytag nicht, als er den Kaffee machte, die rote Farbe an seinem Boot bemerkt haben? »Todesstrafe«, sein Urteil, bevor er hingerichtet wurde? Oder war das Boot erst nach dessen Tod beschmiert worden?

Und die trauernden Jugendlichen draußen? Wie passten die hierher? Waren für sie die Brötchen bestimmt? Vierzig an der Zahl, teilweise auf dem Fußboden verstreut, der Rest befand sich noch in einer dünnen Plastiktüte.

Und warum gab es nirgendwo Spuren eines Kampfes? Das passte gar nicht. Der Täter hatte mehrfach zugestochen. Selbst wenn man sich nicht wehren will, spätestens nach dem ersten Stich beginnt man, sich zu verteidigen. Das passiert instinktiv durch den Selbsterhaltungstrieb des Menschen. Freytag wurde nicht hinterrücks ermordet, die Angriffe kamen von vorn, direkt in den Bauch und in den Brustkorb. Er muss sich gewehrt haben!

Keppler stieg vorsichtig vom Boot und griff in seine Sakkotasche. Er hatte immer Kreide dabei, frisch eingepackt, am Tatort war das sein wichtigstes Werkzeug. Aufmerksam sah er sich um. Es musste Spuren geben. Jeder Täter verriet sich noch am Tatort, es kam nur darauf an, es zu finden. Diese Wollfasern zum Beispiel, es gab viele davon, und bei jedem Luftzug wirbelten sie herum wie Staub. Vielleicht waren sie schon vor dem Mord hier gewesen, vielleicht aber sagten sie auch etwas über den Tathergang aus. Keppler suchte nach einer Faser, die größer war, schwerer, sodass sie nicht so schnell herumwirbelte und sich markieren ließ. Dort drüben etwa, nicht weit vom Toten entfernt. Er bückte sich und malte einen Kreidekreis um ein Faserbündel, rot und weiß, kaum zu erkennen, vielleicht aber von entscheidender Bedeutung.

Und was bedeutete das Schildchen da drüben auf dem Boden, klein und aus Plastik? Es lag neben einer leeren Dose Bootslack. »PIFAMA«, stand drauf mit einem @ dahinter. Eine Internetadresse? Eine Marke? Wofür?

Keppler markierte es ebenfalls und sah sich weiter um. Was war zuerst da gewesen? Die Schrift am Boot oder der Tod? War das Wort »Todesstrafe« Erklärung oder Ankündigung des Mordes? Vorsichtig berührte er die rote Farbe. Sie war noch frisch. Aber auch Freytag war noch nicht lange tot. Was geschah an diesem Ort und warum?

Noch eine Spur, direkt neben der Leiter am Boot. Kleine Fäden wie von einer Schnur oder einer Kordel. Keppler kamen sie bekannt vor, aber wo, verdammt, hatte er so was schon mal gesehen?

Wieder kam die Kreide zum Einsatz, und dann hörte Keppler ein seltsames metallisches Geräusch. Er richtete sich auf, sah die gelöste Lüftungsklappe an den hohen Fabrikfenstern. Hatte Freytag dieses Klappern auch gehört? War das Ding schon seit Ewigkeiten lose, oder hatte es jemand geöffnet? Wenn ja, warum? Wo ging es da hin?

Plötzlich Schritte. Er fuhr herum und sah Eva auf sich zukommen.

»Na? Hast du schon was gefunden?«

Keppler seufzte nachdenklich. »Komm mal her!« Er ging in die Knie und zeigte ihr das mit Kreide markierte Plastikschildchen. »Sagt dir das irgendwas?«

»Pifama?« Eva schüttelte das lange Haar. »Nie gehört.«

Von hinten tappte Frau Kühne heran. Zögernd. Verängstigt. Nur mit Mühe kam sie näher und raffte dabei den Rock etwas, als müsse sie gleich knietief durch Blut waten.

»Frau Kühne!« Eva deutete auf ihren Kollegen. »Hauptkommissar Keppler, mein Kollege.«

Frau Kühne antwortete nicht. Sie sah elend aus. Zitternd starrte sie erst auf den Toten, dann auf das schreckliche Wort am Rumpf des Bootes. Jäh wandte sie sich ab, so als müsse sie sich gleich erbrechen.

Nicht dass die mir den Tatort vollkotzt, dachte Keppler erschrocken und erhob sich. Doch Frau Kühne hielt sich. Sie stolperte ein paar Schritte, fiel dann auf die Knie, beide Hände vor dem Mund. Aber sie erbrach sich nicht.

Keppler atmete erleichtert aus.

Eva hockte sich zu Frau Kühne und sah sie ruhig an. In einer Bäckerei erfährt man viel, dachte sie, das macht sie so fertig. Frau Kühne kennt das Viertel seit dreißig Jahren, sie wird von den Leuten hier viel wissen. Vermutlich kennt sie nicht nur das Opfer. Kennt sie auch den Täter? Weiß sie, wer den Rumpf des Bootes mit roter Farbe besprüht hat?

»Haben Sie eine Ahnung, was die Aufschrift bedeuten könnte?«

Frau Kühne brauchte einen Moment, bis sie die Sprache wiederfand.

»Angeblich hat er …«, sie suchte nach Worten, »… seine Frau behauptet, er hätte seine eigene kleine Tochter missbraucht.«

Keppler sah interessiert auf.

»Jedenfalls hat sie ihn angezeigt«, fuhr Frau Kühne stockend fort, »seitdem hat er es schwer gehabt. Wegen der beiden toten Kinder im letzten Jahr. Da lagen bei vielen die Nerven blank. Schon zweimal haben sie dem Freytag die Wände so beschmiert.« Ihre Lippen zitterten. »Es stand immer ›Kinderschänder!‹ dran.« Jäh sprang sie auf und starrte Keppler an. – »Ich glaube das sowieso alles nicht!«, schrie sie verzweifelt, rannte auf ihn zu und rief: »Der Freytag, das war so ein netter Mann!« Sie fing wieder an zu weinen. »Der hätte keiner Fliege was zuleide tun können!«

Sie wandte sich ab, schluchzte hilflos und wischte sich die Tränen aus dem Gesicht. Doch die flossen einfach weiter.

Vielleicht war er ja zu nett, dachte Keppler und sah zu Eva rüber.

Was war das hier überhaupt für ein Laden? Café oder Bootswerkstatt? Öffentlich oder nicht? Für wen waren die Brötchen, die viele Wurst im Kühlschrank und der Kaffee in der Maschine?

»Wer hat denn hier so verkehrt?«, wandte er sich schließlich an die Bäckersfrau.

»Jugendliche«, erwiderte Frau Kühne, »Schüler, die meisten.«

»Gab es da mal Stress?«, erkundigte sich Eva.

»Nein!«, sagte Frau Kühne mit Nachdruck und machte ein paar stolpernde Schritte, als wollte sie wegrennen. Doch vor dem Tresen stockte sie. »Nur als sie Freytags Türen so beschmiert haben …« Sie schluckte schwer und versuchte vergeblich, erneut den Tränenfluss zu stoppen. »… da hat er für zwei Tage den Laden dichtgemacht.«

Also eine Art Jugendclub, dachte Keppler. Das erklärte auch die Beleuchtungsanlage. Vielleicht machten sie hier manchmal Disco. Aber wie passte dann das Boot hierher? War es so was wie ein Schülerprojekt, und Freytag spielte den Sozialarbeiter? In was für einem Verhältnis stand er zu den Jugendlichen? Er musste mehr darüber in Erfahrung bringen.

»Können Sie mir sagen, wo er gewohnt hat?«, fragte er.

»Gleich hier«, Frau Kühne machte eine unbestimmte Handbewegung, »über die Straße«, und fing wieder an zu weinen.

Eva reichte ihr wortlos ein Taschentuch.

Raus hier, dachte Keppler und machte, dass er fortkam.

FÜNF

Er mochte Tränen nicht. Zu oft schon hatte er Leute weinen sehen, sei es aus Trauer, Verzweiflung oder Fassungslosigkeit über das Geschehene. Bei Frau Kühne schien es besonders schlimm. Vermutlich hatte sie zu lange an das Gute im Menschen geglaubt, an die Idylle ihres Seins im trauten Bäckereigeschäft. Freundliche Kunden, warme Brötchen, hier ein liebes Wort, dort ein herzliches Lächeln und immer den Duft von frisch gebrühtem Kaffee in der Nase. Und plötzlich stellt sich all das als Fassade heraus: Der nette Herr Freytag – als Kinderschänder gebrandmarkt und brutal erstochen. Und irgendwo da draußen läuft sein Mörder herum und fordert die »Todesstrafe ...«.

»Jetzt sagen Sie bloß, wir dürfen schon rein.«

Menzel trat ihm über den Weg und riss ihn aus seinen Gedanken.

»Ja, bitte.« Den spöttischen Unterton ignorierend drückte er dem verdatterten Spurensicherer die Latexhandschuhe in die Hand. »Aber achten Sie auf meine Markierungen um die Kleinspuren. Vor allem interessiert mich das kleine Plastikschildchen neben dem umgefallenen Farbeimer. Lassen Sie davon ein paar ordentliche Fotos machen. – Danke.«

Er wandte sich ab und versuchte, den Faden seiner Gedanken wiederaufzunehmen, doch jetzt kam ihm ein uniformierter Polizist entgegen und wollte ihm – »Ihr Koffer!« – das Gepäckstück zurückgeben.

»Was soll ich denn jetzt mit dem Koffer?« Keppler war genervt. Da lag ein Mordopfer in der Halle, und die

Kollegen hier hatten nur Nebensächlichkeiten im Kopf. Nicht zu fassen! Zudem hasste er es, dauernd aus den Gedanken gerissen zu werden.

»Wo ist denn die Wohnung von Freytag?«, erkundigte er sich ruhiger bei dem Polizisten. Der wies eilfertig die Richtung.

»Da vorne.«

»Danke.« Keppler marschierte weiter, die Polizeiabsperrung wurde zügig für ihn angehoben. Er hatte jetzt Autorität, denn bei den Kollegen hier hatte sich herumgesprochen, dass er Keppler hieß, »wie dieser Kopernikus«, Evas Exmann war und die Spurensicherer erst nach sich an den Tatort ließ.

Ein Mann sah ihn misstrauisch an. Vollbart, kariertes Hemd, Tweedsakko und recht bullig.

Der hat auch was zu verbergen, dachte Keppler und ging weiter über die Kochstraße. Freytags Wohnung befand sich in einem schmalen Haus genau der Fabrik gegenüber, und er wollte gerade die Tür öffnen, als er plötzlich Geschrei hinter sich hörte. Keppler stockte und sah sich um. Frau Kühne hatte sich auf den vollbärtigen Mann im Tweedsakko gestürzt und schlug wie wild auf ihn ein.

Urplötzlich schien ihre hilflose Trauer ohnmächtiger Wut gewichen zu sein, die sie nun auf den Vollbärtigen kanalisierte. Sie riss an seinen Haaren, schrie unverständliches Zeug, war wie rasend.

Keppler sah interessiert zu.

Der Vollbärtige konnte sich nur noch wegducken, um die Schläge abzuwehren; erst als die Bäckersfrau von zwei Polizisten gepackt wurde, ließ sie von ihm ab.

Wer war der Kerl? Keppler wollte schon zurücklaufen, um sich die Personalien geben zu lassen, doch Eva war schneller und half, ein paar Papiere aufzusammeln, die der Mann hatte fallen lassen.

»Guten Tag. Eva Saalfeld, Kripo, Mordkommission. – Und wer sind Sie?«

»Kurt Steinbrecher«, knurrte der Mann ungehalten und erhob sich.

»Was hatte das eben zu bedeuten?« Eva kam ebenfalls hoch.

»Was fragen Sie mich das?« Steinbrecher deutete auf Frau Kühne. »Fragen Sie sie!«

»Personalien aufnehmen, ja«, wies Eva den Polizisten an und lief eilig der Bäckersfrau nach.

»Frau Kühne! Warum haben Sie diesen Mann eben geschlagen?«

Ja, das würde ich auch gern wissen, dachte Keppler und kratzte sich am Kinn.

»Steinbrecher und sein verdammter Verein«, antwortete die Bäckersfrau wütend, »die hetzen hier die Leute auf!« Sie wandte sich hilflos ab und verschwand.

Eva sah zu Keppler herüber und hob fragend die Schultern.

Der deutete auf den Vollbärtigen, der sich nun vor den Polizisten ausweisen musste. Ein möglicher Verdächtiger. Immerhin.

»Ich bin der Inhaber vom ›Sachsenhof‹«, schnaubte Steinbrecher wütend, und Keppler bemerkte wieder den blassen Jugendlichen, der ihm vorhin schon aufgefallen war. Hasserfüllt fixierte er Steinbrecher, als wolle er ihn mit seinen Blicken töten.

Na, hier geht's ab, dachte Keppler. Eine vollstreckte Todesstrafe, eine rasende Bäckersfrau, die bullige Vollbärte verprügelt, und jetzt die wütenden Augen des Jungen. Nicht schlecht für den Anfang. Man sollte die alle zur Vernehmung laden, überlegte er. Vorher aber wollte er nach Spuren und möglichen Antworten in der Wohnung des Opfers suchen. Und weil Keppler die Klinke schon in der Hand hatte, drückte er sie hinunter und trat ein.

Unter Geldmangel schien Hans Freytag nicht gelitten zu haben, denn offenbar bewohnte er das ganze Haus. Es war schmal und nur zwei niedrige Stockwerke hoch, aber bestimmt hundertfünfzig Jahre alt und vor Kurzem frisch restauriert worden. Das Erdgeschoss wurde fast vollständig von einer schönen, aber unbenutzt wirkenden Küche mit herrlichem Terracottaboden, großer Kochmaschine und alten unbearbeiteten Eichenmöbeln eingenommen. Im Zentrum des Raumes stand ein riesiger Esstisch, an dem mindestens zehn Leute Platz fanden. Seltsam, dass Freytag offenbar lieber in der zugigen Fabrikhalle gegenüber gefrühstückt hatte. Lag es an den Kinderzeichnungen, die hier an den Wänden hingen? An seiner gescheiterten Ehe? Hatte die Bäckersfrau nicht gesagt, dass ihn die eigene Ehefrau angezeigt hatte?

Keppler überprüfte den gewaltigen Messerblock auf der Anrichte, aber die Schneidwerkzeuge waren vollzählig. Von der Küche führte eine schmale Treppe hoch ins Obergeschoss. Auch hier war alles neu, die Dielen glänzten frisch poliert, das Treppengeländer war aufgearbeitet und makellos cremeweiß lackiert worden. Auch hier hingen kindlich-unbeholfen gemalte Bilder im schmalen Gang, der zu den einzelnen Wohnräumen führte. Das Stockwerk wirkte bewohnter, unordentlicher, und man sah den Zimmern an, dass sie ursprünglich mal für eine Familie mit Kindern hergerichtet worden waren. In einem stand noch ein Kinderbett, von der Decke baumelte eine mit Plastiksternchen und pfeiferauchenden Monden dekorierte Unruhe; ein liebevoll bemaltes Keramikschildchen kündete von »Carlas Reich«.

Die übrigen Zimmer wirkten chaotischer, singletypisch – hier fehlte schon seit Langem die ordnende Hand der Frau.

Männer sollten nicht allein in Wohnungen leben, dachte Keppler, das überfordert uns. Besser ein Zimmer, möbliert und in einer Pension, wo die Wirtin ab und zu mal nach dem Rechten sieht.

Allerdings hat man in einer Pension nicht so viel Platz, und Freytag schien Platz gebraucht zu haben, denn offensichtlich hatte er ein Faible für Maritimes aus der Gründerzeit gehabt. Die gemütlichen, hintereinanderliegenden Zimmer waren mit sorgsam aufpolierten und restaurierten Möbeln alter Schiffe ausgestattet: stilvolle Kapitänstruhen, Mahagonikommoden des Norddeutschen Lloyd und Vertikos der Belle Époque mit Muschelornamenten und kunstvollen Intarsien, die Meerjungfrauen und Seepferdchen darstellten. An den Wänden hingen hölzerne Steuerräder und Gemälde verschiedener Marinemaler, die Segler im Kampf mit der sturmgepeitschten See zeigten.

In Regalen aus Teak standen ledergebundene faksimilierte Ausgaben alter Logbücher, zerlesene Abenteuerschinken von Jules Verne und die Seefahrerromane von Joseph Conrad, B. Traven und Robert Louis Stevenson. Als Leseecke diente eine schmalbeinige Schiffsbank, flankiert von zwei fein ziselierten Lampen aus der Zeit des Fin de Siècle. An der Decke hing der gewaltige Leuchter eines alten Cunard-Dampfers, und auf einem Sekretär, der einst in einem Heuerbüro gestanden haben mochte, stapelten sich rollenweise ausgediente Seekarten der Bundesmarine.

Da hat sich ein alter Seebär nach Leipzig verirrt, dachte Keppler. Es gab ja einige berühmte deutsche Kap Hoorniers, die aus dem tiefen Binnenland stammten: Graf Luckner zum Beispiel, der legendäre »Seeteufel« der kaiserlichen Marine, war gebürtiger Hallenser.

Eine Einrichtung sagt immer viel über die Persönlichkeit eines Menschen aus. War Freytag zur See gefahren? Oder hatte er sich hier nur ein Refugium geschaffen, in dem er sich wegträumen konnte aus den Vorwürfen und Verleumdungen seiner gescheiterten Ehe, raus aus der Enge Mitteldeutschlands?

Keppler folgte einem naturbelassenen Sisalläufer mit dem Logo der königlich-britischen Ostindien-Kompanie durch eine Flügeltür in einen Nebenraum, der offenbar als Arbeitszimmer gedient hatte. Auch hier waren überall Zeugnisse der Seefahrt zu sehen. Auf einem Wandboard standen ein nautischer Sextant aus Messing sowie ein vom Meerwasser grün angelaufener Kreiselkompass, daneben hingen eine gerahmte Ansicht des alten Hamburger Hafens an der Wand und ein Barometer; überall standen handgefertigte Modelle schnittiger Herreshoff-Yachten und der legendären Flying P-Liner der Reederei Laeisz herum.

Keppler trat an den Schreibtisch, auf dem der Globus nicht fehlen durfte, und blätterte einige Unterlagen durch. Kaufverträge für ein Boot, Rechnungen, Fotos und jede Menge amtliche Post

Offenbar hatte Freytag Probleme mit dem Gesundheitsamt gehabt. Obwohl er mehrmals versichert hatte, keine öffentliche Gastronomie mehr in seiner Fabrikhalle zu betreiben, drohte das Amt mit der Schließung, sofern nicht das Boot und die damit verbundenen Werkstatteinrichtungen und Materialien daraus entfernt würden. Das Amt habe schon vor Monaten nachgewiesen, dass in der Halle eine Art Jugendclub mit Getränkeausschank betrieben wurde – was mit den dort gelagerten Farben und Lacken unvereinbar sei und einen eklatanten Widerspruch zum gesetzlich eingeforderten Jugend- und Gesundheitsschutz darstelle. Sofern also Bootswerkstatt und Getränkeausschank nicht räumlich voneinander zu trennen seien, sei eine unverzügliche Sperrung der Halle für die Jugendlichen geboten. Freytag hatte zuletzt an einem Widerspruch gegen den Bescheid gearbeitet, die Frist lief noch eine Woche.

»Keppler?« Es war Evas Stimme.

»Ja«, knurrte Keppler. Ihm waren ein paar Fotos aufgefallen. Sie zeigten Schmierereien vor der Fabrikhalle und dem Eingang zum Haus, krakelige Buchstaben, unbeholfen mit weißer Farbe hingemalt: »Kinderschänder!« Auf zwei anderen Fotos waren frische Holzkreuze zu sehen, eines an einem Waldrand, das andere neben einem Feldweg. Beide Kreuze steckten in einem Berg aus welken Blumen, vom Regen durchnässten Plüschtieren und aufgeweichten, von Kinderhand geschriebenen Briefen …

»Hier, guck dir das mal an!« Eva hatte eines der Papiere in der Hand, die Steinbrecher nach der Attacke der Bäckersfrau hinuntergefallen waren. »Der ›Verein Aktion Selbsthilfe Kinderschutz‹ verteilt öffentlich Flugblätter, in denen er die Todesstrafe für Kinderschänder fordert.« Sie trat an den Schreibtisch.

Keppler nahm das Flugblatt und las es. »Immer die gleiche alte Scheiße«, sagte er kopfschüttelnd. »Ist das nicht verboten?«

»Nicht mal gegen das Vereinsgesetz«, erwiderte Eva. »Wir hatten hier im letzten Jahr zwei Kinderleichen, und die Fälle sind bis heute nicht aufgeklärt. Idealer Nährboden für solche Vereine.«

Sie sah ebenfalls auf die Fotos. »Den Steinbrecher, den gucke ich mir nachher mal genauer an ...« Sie stockte und las: »Kinderschänder ...«

»Er hat es dokumentiert«, erklärte Keppler. »Nicht nur mit Fotos, sondern auch in einer Art Tagebuch.« Er reichte Eva ein schmales Notizheft, in dem alles akribisch notiert war: von den Funden der Kinderleichen bis zur Anzeige seiner Frau und den ersten öffentlichen Verleumdungen. »Sag mal, kannst du nicht zu Freytags Frau gehen?«

Eva verzog das Gesicht. »Schon klar«, seufzte sie und wandte sich zum Gehen. »Wir sehen uns nachher in der Dienststelle.«

Keppler zog einen Ordner aus einem Aktenregal. »Amuse-Gueule«, stand darauf, und der Inhalt war eine Dokumentation des Scheiterns. Zusammen mit seiner Frau hatte Hans Freytag aus der alten Fabrikhalle ein Eventrestaurant machen wollen. Insgesamt hundertfünfzigtausend Euro hatten sie in den Umbau der Halle und einen professionellen Küchenkomplex gesteckt. Doch schon die feierliche Eröffnung des »Amuse-Gueule« war ein Flop gewesen. Nur die am Umbau beteiligten Handwerker und deren Frauen waren gekommen, die teure russische Artistentruppe hatte sich offenbar geweigert, vor so wenig Publikum aufzutreten, und sich stattdessen betrunken. Anschließend lieferte sie sich eine wilde Prügelei wegen angeblich rassistischer Äußerungen mit den Handwerkern, wobei die nagelneue Einrichtung total zerlegt wurde. Es gab einen Polizeieinsatz und mehrere Verhaftungen, der geschätzte Schaden belief sich auf weitere mehrere tausend Euro. Freytag hatte anstandslos gezahlt, aber seine Konten wenig später vor dem Zugriff seiner Frau gesperrt. – Ob sie sich deshalb von ihm getrennt hatte? Oder ging die Trennung der Kontosperrung voraus? Und was hatte es mit dem Kindesmissbrauch auf sich? Darüber war nirgends etwas zu finden.

Keppler öffnete die großen Schubladen eines Aktenschrankes, der, ungewöhnlich für die sonstige Einrichtung, von Ikea war. In einer der unteren Laden befand sich eine digitale Fotoausrüstung. Ein teures Fabrikat mit allem Zubehör. Vermutlich hatte Freytag damit auch die Schmierereien an seinen Wänden festgehalten.

Nachdenklich kam Keppler wieder hoch. Was hatte Freytag damit bezweckt? Sammelte er Beweise? Hatte er eine Anzeige gegen seine Verleumder geplant? Wollte er gerichtlich gegen seine Frau vorgehen? Warum eigentlich hatte er es nicht längst getan?

Gedankenverloren sah Keppler aus dem Fenster.

Gegenüber trafen immer mehr junge Leute ein, legten Briefe für den Ermordeten ab, Fotos und Blumen. Sie kamen, trauerten, verharrten stumm und gingen dann wieder. Lediglich der blasse Junge war noch immer da. Als würde er Totenwache halten. Er schien sich hier auszukennen, und so bedrückt, wie er aussah, hatte er auch das Opfer gekannt. Hatte Frau Kühne nicht gesagt, sie habe jemanden weglaufen sehen? Einen Mann, einen Jugendlichen? Und waren die Gäste auf Freytags Bootsbaustelle nicht auch vorwiegend Jugendliche?

Ich muss mit dem Jungen reden, dachte Keppler und lief eilig hinunter auf die Straße, der weiß was, der hat was gesehen – der ist mindestens ein Zeuge!

Doch der Junge war weg. Unruhig sah sich Keppler um. Spurlos verschwunden, als hätte er etwas gewittert.

Stattdessen hupte ihn Eva an, die eben mit dem Wagen das Gelände verlassen wollte.

»Weißt du denn, wie du in die Dienststelle kommst?«, rief sie ihm zu.

»Mit der Straßenbahn«, antwortete Keppler abwesend.

»Genau.« Eva lächelte.

Keppler lächelte schwach zurück.

»Herr Keppler!« Der Uniformierte kam wieder heran. »Ihr Koffer.«

Keppler verzog genervt das Gesicht.

»Bei mir hinten rein«, schlug Eva vor.

Das ließ sich der Uniformierte nicht zweimal sagen. Den ganzen Vormittag schon hatte er sich mit dem blöden Koffer abgeben müssen. Und dann schnauzte ihn dieser Kopernikus Keppler auch noch an. Scheißwessi! Na ja, egal, jetzt war er das Ding endlich los.

»So!«, sagte er und schlug zufrieden die Wagentür zu. Der Fall wäre erledigt.

Eva grinste und gab Gas.

***

Menzel hockte im Boot und pinselte den Niedergang nach Fingerabdrücken ab. Er machte das sehr sorgfältig, was Keppler mit Genugtuung zur Kenntnis nahm. Er stand auf der Galerie unter den hohen Fenstern und beobachtete den Spurensicherer genau. Die kleinste Panne konnte die beste Spur unbrauchbar machen, und Menzel war noch jung. Ein schlaksiger Blondschopf mit Brille und pickligem Pennälergesicht. Wie einer, der zu lange vor dem Computer gesessen hatte und heimlich Pornos sah, weil er sich an richtige Mädchen nicht heranwagte. Keppler schätzte ihn auf höchstens zwei Jahre Berufserfahrung. Und so ein Grünspan durfte im schönen Leipzig die Spurensicherung leiten – na prima, da war der Ärger doch vorprogrammiert.

»Stehen Sie schon lange da?« Erschrocken sah Menzel zu ihm auf.

Keppler ließ den Spurensicherer nicht aus den Augen. »Nein.«

»Ist irgendwas?« Menzel wurde zunehmend nervös. »Haben wir was verkehrt gemacht?«

Keppler schüttelte den Kopf. »Nö«, sagte er und dachte: Konzentration, Junge, und gründlich arbeiten, oder willst du dich vor mir etwa gleich am ersten Tag blamieren? Mit einer kaum merklichen Handbewegung deutete er zum Niedergang des Bootes. Da klebte eine Faser, das sah er sofort. Vermutlich Wolle, wie überall hier. Menzel reagierte prompt, nahm sie vorsichtig mit einer Pinzette ab und nummerierte den Fundort. Die Faser kam in ein wiederverschließbares Steriltütchen, das ebenfalls nummeriert wurde, damit man die Spur später zuordnen konnte.

»In der Wohnung ist eine digitale Fotoausrüstung«, sagte Keppler nach einer Weile.

Menzel zuckte zusammen und sah fragend auf.

»Ich brauche die Fotos dazu«, erklärte Keppler.

Menzel nickte. »Geht klar.«

Keppler wandte sich ab und sah nachdenklich auf die herausgerissene Lüftungsklappe, die über ihm vor sich hinklapperte.

»Geht's da aufs Dach?«

Menzel antwortete nicht. Woher sollte er das wissen?

Er sparte sich eine Erwiderung und stieg den Niedergang hinunter in die enge Bootskabine, um auch dort etwaige Spuren zu sichern.

Draußen schepperte die Lüftungsklappe. Verwundert kam Menzel wieder aus der Kabine.

Keppler war verschwunden, und die Klappe baumelte vor dem Fenster an der fragilen Halterung hin und her.

Menzel konnte es kaum glauben. War dieser verrückte Kommissar tatsächlich dort oben hinaus aufs Dach geklettert?

Er war. Zwar bedurfte es einiger artistischer Geschicklichkeit, aber für einen Mann seines Alters meisterte Keppler die Hürde problemlos. Er hatte sich am Fenster hoch zur Lüftungsklappe gehangelt und war auf dem Dach hinter der Werkstatthalle gelandet. Und genauso hatte vermutlich auch Freytags Mörder den Tatort verlassen. Deshalb war die Klappe herausgerissen. Der perfekte Fluchtweg führt über die Dächer. Da kann einem niemand begegnen, und man ist schnell weg.

Wen immer die Bäckersfrau in der Halle hatte wegrennen sehen – es konnte nicht der Täter gewesen sein, wenn der hier oben raus war.

Keppler sah sich um. Man kam von hier nicht so ohne Weiteres runter, und auch der Weg über die Dächer schien nicht einfach zu sein, da die Gebäude ringsum alle unterschiedliche Höhen hatten und zu weit auseinander standen. Das Nächste war ein heruntergekommener Schuppen mit Pappdach. Dennoch war die Lücke groß und so tief, dass ein Absturz mindestens einen längeren Krankenhausaufenthalt nach sich ziehen würde. Trotzdem: Mit etwas Schwung war das zu schaffen. Aber konnte das recht instabil wirkende Schuppendach das Gewicht eines heranfliegenden erwachsenen Mannes aushalten?

Mal sehen, was meine Theorie taugt, dachte Keppler, nahm Anlauf und sprang.

SECHS

Eva fuhr die Kochstraße hoch, bog links in die Scheffelstraße ab bis zur Windscheidstraße. Dann ging es rechts über die Richard-Lehmann- und weiter die August-Bebel-Straße hoch. Sie führt in die Leipziger Südvorstadt, eine bessere Wohngegend mit viel Grün in Parknähe. Eva war hier aufgewachsen, damals in der DDR. Es kam ihr wie eine Ewigkeit vor, und sie unterdrückte den Gedanken, bei ihrem ehemaligen Elternhaus vorbeizuschauen. Irgendwann wollte sie es ohnehin Keppler zeigen. Ob es ihn interessierte? Überhaupt Keppler: Hat sich kein bisschen verändert. Sperrig wie eh und je. Wenn er an einem Fall war, vergaß er alles um sich herum. Dann gab es nur noch eines: Was ist passiert? Wer ist der Mörder? Wie krieg ich den? Da biss er sich fest wie kein anderer, da gab es kein Privatleben mehr. Keppler konzentrierte sich vom ersten Augenblick an nur noch auf den Täter. Dafür hatte Eva ihn immer bewundert und später, als sie verheiratet waren, gehasst. Trotzdem war sie froh, dass er da war.

Sie setzte den Blinker, fuhr links die Kurt-Eisner-Straße hoch, an der Trabrennbahn vorbei auf den Schleußiger Weg und die Brücke über die Elster. Nördlich erstreckte sich der Clara-Zetkin-Kulturpark, eine riesige Grünanlage, die sie früher den »Central Park des Ostens« genannt hatten.

Danach beginnt Schleußig, ein aufstrebendes, im Krieg kaum zerstörtes Viertel zwischen Park und dem Industriegebiet am Karl-Heine-Kanal. Hier talkt Jan Hofer auf dem MDR-Riverboat, und bis zu Evas Dienststelle war es auch nicht weit. Doch vorher musste sie zu Sybille Freytag.

Sie parkte den Wagen auf der Connewitzer Straße, wartete eine alte Straßenbahn ab, die vorüberbimmelte, und stieg aus.

Schon von außen machte der Frisiersalon »Chez Sybille« einen edlen Eindruck. Eva trat ein und sah sich um. Auch innen war der Laden sehr schick. Verschiedene Ebenen, die den Raum gleichzeitig öffneten und unterteilten, cremefarbene Wände, Arrangements aus japanischem Schilfgras und viel dunkles Edelholz. Statt der üblichen Frisierstühle standen bequeme schwarz-weiße Ledersessel im Bauhausstil herum. Beleuchtet wurde das Ganze dezent aus Designerlampen an den Wänden und einem opulenten Kristallleuchter an der hohen, mit üppigem Stuck verzierten Decke. Alles sehr elegant und teuer, was offenbar auch die Kundschaft abschreckte, denn es war keine da. Nur eine einsame junge Frau lehnte in einem der Sessel und starrte ins Leere.

Langsam kam Eva näher. Die Frau bemerkte sie nicht. Mit großen Augen sah sie durch die Fenster hinaus auf die Straße und schien völlig abwesend zu sein. Sie war etwas zu stark geschminkt und trug ein auffälliges Kleid, das viel Dekolleté zeigte. Irgendwie wirkte sie verloren in ihrem großen, leeren Frisiersalon.

Eva räusperte sich. »Schönen guten Tag.«

Die junge Frau sah auf, als hätte man sie aus einem Traum geweckt, und erhob sich. »Guten Tag. Sie können gleich Platz nehmen.«

»Frau Freytag?«, fragte Eva.

»Ja.« Die Frau lächelte freundlich. »Höchstpersönlich.«

Mist, dachte Eva, ich hätte es doch Keppler machen

lassen sollen. Man fand nie die richtigen Worte. Zwar gab es eine polizeiliche Dienstanweisung, in der genau geklärt wurde, wie man sich in einer solchen Situation korrekt zu verhalten hatte, aber das machte es auch nicht einfacher. Trotzdem hielt sich Eva meist daran, weil ihr nichts Besseres einfiel. Zunächst hatte man sich vorzustellen.

»Mein Name ist Eva Saalfeld, Kriminalpolizei.«

Sybille Freytag sah erschrocken auf. »Ist was mit Carla?«

Schon war Eva aus dem Konzept. »Sie meinen Ihre Tochter?«

»Ja!«

»Nein, nein«, konnte Eva sie beruhigen.

Sybille Freytag wandte sich ab, lief ein paar Schritte und wich Evas Blick aus. Entweder interessierte es sie nicht, warum die Polizei hier war, solange es nur Carla gut ging, oder aber sie wartete einfach ab, was stattdessen kommen würde, den Blick seltsam gesenkt.

Wie ein Kind, dachte Eva, das was ausgefressen hat und nun die Standpauke erwartet.

»Frau Freytag, ich habe keine guten Nachrichten für Sie«, sagte sie schließlich. »Ihr Mann wurde heute Morgen ermordet.«

Sybille Freytags Lippen bebten. Ungläubig sah sie Eva an, schwankte, als würde sie gleich das Bewusstsein verlieren. Eva wollte ihr schon beispringen, aber sie fing sich wieder und sank auf eines der Podeste, die ihren Salon in die verschiedenen noblen Ebenen teilten.

»Wann haben Sie Ihren Mann denn das letzte Mal gesehen?«

»Ich habe ihn überhaupt nicht mehr gesehen, seit wir uns getrennt haben«, erwiderte Sybille unerwartet heftig und kämpfte mit den Tränen, »das war vor einem halben Jahr!«

Eva fielen die Flugblätter auf, die auch hier verteilt waren und die »Todesstrafe für Kinderschänder« forderten.

»Sie haben Ihren Mann angezeigt.«

»Ich habe das getan, was jede Mutter getan hätte!«

»Wegen Missbrauchs an Ihrer Tochter«, hakte Eva nach.

Sybille fuhr herum. »Was hat das mit dem Mord zu tun?«

»Ich weiß nicht.« Eva sah sie herausfordernd an. »Jemand hat das Wort ›Todesstrafe‹ neben die Leiche Ihres Mannes gesprayt.«

Sybille Freytag rang um Fassung und senkte den Kopf. »Was?«, fragte sie entsetzt.

»Wo waren Sie heute Morgen zwischen sechs und sieben?«

»Ich war mit meiner Tochter zu Hause.« Zitternd holte sie Luft. »Ich habe sie um dreiviertel acht zur Schule gefahren.«

Eva nahm eines der Flugblätter und kam langsam näher. »Sagen Sie«, sie setzte sich neben Sybille Freytag auf das Podest, »kennen Sie einen Kurt Steinbrecher?«

»Ja.« Sybille nickte. »Dem gehört der ›Sachsenhof‹. Das ist ein Lokal hier um die Ecke.«

»Und der hat«, Eva reichte Sybille das Flugblatt, »den Verein hier gegründet, richtig?«

»Ich kenne das Flugblatt.«

Na klar, dachte Eva bitter, du bist wahrscheinlich eine der Vorkämpferinnen der Bewegung. Das endet nie, auf irgendeinen populistischen Zug springen die Leute immer auf. Sie zwang sich zur Ruhe und sah Sybille Freytag an.

»Halten Sie es für möglich, dass jemand die Forderungen als Aufruf verstanden haben könnte?«

Sybille Freytag hielt es nicht mehr auf ihrem Platz. Ruckartig sprang sie auf und lief ein paar Schritte. »Das ist doch absurd«, sagte sie aufgebracht, »ein Mord wegen einem Flugblatt?«

Geistige Brandstiftung, dachte Eva, soll schon vorgekommen sein.

»Ich würde jetzt gern allein sein.« Sybille Freytag verschränkte abwehrend die Arme. »Ich muss es Carla irgendwie beibringen.«

Eva nickte. »Ja, ja, selbstverständlich.« Sie erhob sich und ging langsam zur Tür. Dort drehte sie sich noch mal um. »Ach so, eine kurze Frage habe ich noch. – Welcher Anwalt vertritt Sie bei der Klage gegen Ihren Mann?«

***

Auf allen vieren war Keppler auf dem alten Schuppendach gelandet und siehe da: Es hielt.

Praxistest bestanden, dachte Keppler, kam hoch und wischte sich die Hände ab. Er lief über das Dach und sah sich um: Mit seiner niedrigsten Seite grenzte der Schuppen an einen Hinterhof. Keppler sprang erneut und fand sich dann zweieinhalb Meter tiefer inmitten von Unterwäschestücken wieder, die hier zum Trocknen aufgehängt worden waren. Weißer Feinripp zwischen die Obstbäume gespannt wie zu Omas Zeiten. Schon als Kind war Keppler vor allem von den Unterhosen beeindruckt gewesen. Auch hier hingen sie wieder, gigantische Teile ohne Form, wie für Elefantenhintern. Wer um Gottes willen trug solche riesigen Büxen?

Keppler folgte weiter seiner Theorie. Wenn der Täter

übers Dach geflohen war, dann konnte er nur diesen Weg genommen haben, dann war auch er zwischen quadratmetergroßen Unterhosen und Hemden umhergeirrt – und hatte plötzlich vor dieser Mauer gestanden?

Mist, dachte Keppler. Der Täter muss ziemlich groß gewesen sein.

Oder doch nicht, denn ein paar Meter weiter waren die oberen Ziegel herausgebrochen, und Keppler konnte problemlos über die Mauer klettern. Dahinter war eine Brachfläche, ursprünglich vermutlich mal bebaut, denn ein alter Zaun aus Schmiedeeisen grenzte das Grundstück zur Straße hin ab. Jetzt war hier alles verwildert, mit hohem Gras, kleinen Bäumen und dichtem Gestrüpp bewachsen. An manchen Stellen war das Gras niedergetreten, kaum zu bemerken, aber wenn man drauf achtete, sah man es genau: dort ein paar abgebrochene trockene Zweige, da ein geknickter Löwenzahn. Hier hatte sich jemand einen Pfad durch das Gestrüpp gebahnt.

In Keppler erwachte der Jagdinstinkt: Er hatte eine Spur. Zügig, genau beobachtend schob er sich weiter und gelangte schließlich hinter einem grauen Mietshaus in einen kleinen Garten.

Und plötzlich schoss hinter einem Baum ein großer Wachhund hervor und bellte wie wild. Ein Schäferhund, schwarz und kräftig.

Keppler schrak zurück, doch im letzten Moment wurde der Hund von seiner Kette aufgehalten. Dennoch kläffte er weiter und bleckte grimmig die Zähne. Keppler hielt Abstand, sah sich nervös um. Der Hund hörte nicht auf zu bellen und riss wütend an seiner Kette. Keppler drückte sich nah an die Hauswand – hatte der Hund auch angeschlagen, als der Mörder hier entlanggelaufen war? Das hätte jemand hören müssen. Er würde das überprüfen lassen.

***

Die Blumenstraße 76 befindet sich im Leipziger Norden. Dazu musste Eva mit dem Wagen am Stadtzentrum vorbei nach Gohlis hoch. Während der Rushhour konnte das eine längere Fahrt werden, aber da der morgendliche Berufsverkehr vorbei war und Eva einige Schleichwege kannte, war sie in elf Minuten da.

Die renommierte Anwaltskanzlei Ahrend, Beierling & Co residierte in einem schönen, villenartigen Gebäude aus dem neunzehnten Jahrhundert, das sie sich mit der Evangelischen Verlagsanstalt teilte. Es war offenbar vor Kurzem aufwendig renoviert worden, der Garten hatte etwas darunter gelitten, wurde aber allmählich wiederhergestellt.

Junioranwalt Klaus-Peter Ahrend war ein schmaler Mann mit gewelltem, blondem Haar und sorgsam gestutztem Oberlippenbart. Er trug einen hellen Anzug aus reiner Schurwolle und empfing Eva bereits in der Eingangshalle.

»Frau Freytag hatte Sie schon angekündigt.« Er sah ungeheuer betroffen aus. »Das ist ja alles ganz schrecklich.« Dann wies er Eva den Weg ins Büro, indem er zackig den Arm ausstreckte: »Bitte!«

Es ging ins Chefzimmer, einen saalartigen, hohen Raum mit vertäfelten Wänden aus poliertem Mahagoni, der wie das Arbeitszimmer eines brasilianischen Botschafters anmutete und in dem, wie Eva wusste, normalerweise der Senior residierte. Aber offenbar war Vati nicht im Hause, und so konnte sich der Junior als perfekter Nachfolger profilieren. Die Mimik jedenfalls beherrschte er schon ganz gut. Schwungvoll ließ er sich in den Sessel hinter dem Schreibtisch fallen, packte geschäftig ein paar Papiere zur Seite und gab sich professionell: nachdenklich, offen und grundsätzlich an seinem Gegenüber interessiert.

Eva lächelte. »Hallo, Klaus«, verwirrte sie den smarten Junior mit einem bezaubernden Augenaufschlag.

Der guckte einen Moment verdutzt, dann erhellte sich seine Miene. »Eva!«, strahlte er, und seine Hand fuhr zum Kinn. »Ja, klar!«

»EOS Georgi Dimitroff«, half ihm Eva weiter auf die Sprünge, »du warst einen Jahrgang unter mir.«

»Dass du dich noch so gut daran erinnerst!«

Beide erhoben sich wieder und gaben sich die Hand.

»Grüß dich«, sagte Eva.

»Also, ich hätte dich jetzt nicht auf Anhieb ...«, begann Ahrend, der auch schon im Sozialismus ein kleiner Streber gewesen war, doch Eva stoppte ihn mahnend.

»Jetzt ganz vorsichtig!«

»Nein, nein«, beeilte sich Ahrend rasch, »du siehst toll aus!«

Sie setzten sich wieder.

»Mensch«, Ahrend konnte es noch immer nicht fassen, »so trifft man sich wieder!« Er stockte, runzelte die Stirn und beugte sich vor. »Und dann unter solchen Umständen ...« Er seufzte, als wolle er sagen: Zeiten sind das, Zeiten, dann lehnte er sich zurück und sah Eva prüfend an. »Wie geht es dir?«

»Das hängt ein bisschen von deiner Kooperation ab.« Auch Eva beugte sich vor und sah ihn offen an. »Ich brauche die Akte Sybille Freytag gegen ihren Mann.«

Ahrend fuhr sich mit der Zunge unter die Lippen.

»Du weißt schon, dass das unter die Schweigepflicht fällt«, gab er zu bedenken, »auch unter Schulfreunden.«

»Wir waren nicht befreundet, Klaus«, stellte Eva klar und lächelte spöttisch. Dann wurde sie wieder ernst. »Hans Freytag ist ermordet worden, und neben seiner Leiche steht das Wort ›Todesstrafe‹.«

Ahrend schluckte und lehnte sich zurück.

»Über kurz oder lang bekomme ich die Akte sowieso«, sagte Eva, »also bitte!« Es klang wie »Hab dich nicht so«.

Weil der Senior nicht im Hause war und der Sohnemann daher nicht nachfragen konnte, wie er mit hartnäckigen Polizistinnen zu verfahren habe, bekam sie die Akte. Ahrend machte gute Miene zum undurchschaubaren Spiel. Zudem schwor er auf die gemeinsame Schulzeit. Nur da entstünden die Verbindungen, auf die man sich ein Leben lang verlassen konnte, verschworene Seilschaften, die einen auffingen, wenn's mal eng wurde. Eva wusste genau, was in ihm vorging: Wer weiß, wozu man sie noch brauchen konnte? Besser, er stellte sich gut mit ihr. Nichts ging über alte Schulkameraden. – Nicht wahr, Klaus?

***

Keppler lief die schmalen Durchgänge zwischen den Höfen entlang. Links und rechts die grau verputzten, teilweise abgeblätterten Fassaden alter Hinterhäuser. Irgendwann renovieren sie die auch noch, dachte er, als er an einer Reihe von Müllcontainern vorbeilief. Vorn ging es zur Straße, da war wahrscheinlich auch der Täter raus. Sofern er unbemerkt an dem Hund vorbeigekommen war. Keppler nahm sich vor, den Halter zu ermitteln. So laut, wie der Köter angeschlagen hatte, noch dazu in aller Frühe. Das fällt doch auf, da sind doch im Nu alle Leute wach, da muss jemand was gesehen haben. Es sei denn, der Hund war ein notorischer Kläffer. Einer, der bei jeder Fliege drauflos bellt, bei jedem Windstoß, so dass niemand mehr auf ihn achtet …

Stopp!

Keppler blieb wie angewurzelt stehen. War da nicht was?

Er drehte sich langsam nach rechts, sah auf die Müllcontainer. Und tatsächlich, einer der Behälter stand sperrangelweit offen.

Keppler ging hin, sah hinein. Ein paar Pappkartons lagen darin, aber die gehörten nicht hierher, das war was für die Papiertonne. Er angelte sie heraus und warf sie achtlos auf den Boden. War da nicht noch was? Etwas, das Freytags Mörder unbedingt entsorgen musste, bevor er sich wieder auf die Straße wagen konnte?

Keppler holte ein frisches Paar Einweghandschuhe hervor und zog sie sich über die Finger. Und weil er keine Affenarme hatte, kletterte er kurzerhand in den Müllcontainer hinein.

Entsprechend derangiert sah er aus, als er wenig später wieder in den Hof der Kulturfabrik kam. Ein Polizeiwagen verließ gerade das Gelände, und die Spurensicherer kamen aus der Halle. Wie hieß dieser verpickelte Chef der Truppe noch mal?

»Wenzel!«, rief Keppler und ging auf ihn zu.

»Menzel«, korrigierte der. »Wir sind hier mit allem durch.«

»Nicht ganz.« Keppler reichte dem verblüfften Spurensicherer eine alte Farbspraydose und ein blutverschmiertes Messer. »Ich brauche alle Spuren. Fingerabdrücke, was Sie finden können, von so einer Mülltonne aus der Parallelstraße hinter dem Haus. Und zwar schnell, solange es noch Spuren gibt.«

Er wollte sich abwenden, doch Menzel rief ihm empört nach:

»Wissen Sie, was das für ein Aufwand ist?«, regte er sich auf. »Mit meinen paar Leuten?«

»Ja«, nickte Keppler und ging.

Entnervt rief Menzel seine Leute zusammen. »Werner, Martin: Ihr könnt gleich wieder auspacken. Es geht weiter.«

SIEBEN

»Herein!«

Es hatte geklopft. Nun öffnete sich die Bürotür und Keppler kam herein.

»Ah«, machte er, als er Eva sah, und spürte erneut eine seltsame Verlegenheit in sich aufsteigen. Was hatte ihn nur geritten, wieder mit ihr zusammenzuarbeiten? Herrgott, dieser Patschuliduft, diese Augen ... Das konnte nicht gut gehen. Zumal sie ziemlich sauer war, das sah er an ihrem Blick. Wenn Eva so guckte, musste man sich zusammenreißen, sonst gab es Krieg.

»Wo kommst du denn her?« Missbilligend runzelte sie die Stirn, und es würde nicht bei dieser einen vorwurfsvolle Fragen bleiben, so viel war klar. Sein Anzug und das Hemd starrten vor Schmutz, und er stank wie ein Abfalleimer.

»Von der Arbeit«, erklärte er knapp und sah sich um. Hinten am Fenster hockte »Wachtmeister«, das Stoffkrokodil, und etwas weiter vorn auf einem Schreibtisch stand sein Koffer. Das war also sein neuer Arbeitsplatz. Sauber renoviert und ziemlich modern. Kein unnötiger Schnickschnack. Das war gut.

»Schick«, sagte Keppler.

»Hör mal, Keppler, ich will dich wirklich nicht kontrollieren«, Eva erhob sich von ihrem Schreibtisch und atmete tief durch, »aber ein Mindestmaß an Kommunikation, das muss schon drin sein!« Sie stellte einen Aktenordner zurück in den Schrank. »Ich muss wissen, wo du bist und was du machst! Schon aus Sicherheitsgründen.«

Aus Sicherheitsgründen? Was sollte das heißen? Dass

er nicht auf sich aufpassen konnte? Warum müssen die Frauen uns Männer immer wie kleine Kinder behandeln? Wir können durchaus selbst auf uns achten – hey, *wir* haben früher die Mammuts gejagt und uns mit Säbelzahntigern angelegt, klar? Aber das spielt wohl heute keine Rolle mehr. Wir Männer sind zur lästigen Begleiterscheinung geworden, eine weinerlich hypochondrische, dem Alkohol und anderen Süchten verfallene Mutation des Homo sapiens, schwanzgesteuert und nur eingeschränkt einsatzfähig. Nicht mal die Emanzen reagieren sich noch an uns ab, und irgendwann werden sie uns ganz abschaffen. Jetzt, wo es sogar gelungen ist, männliche Spermien künstlich herzustellen. Das Einzige, womit wir noch punkten können, ist dieser unwiderstehliche Reiz, den wir kleinen unbeholfenen Dummerchen auf Frauen ausüben können. Damit kriegen wir sie. Immer wieder. Deshalb lassen sie uns leben. Noch! Keppler sah auf und Eva schuldbewusst an.

»Du hast doch meine Handynummer.« Sie konnte ihn anrufen. Jederzeit, wenn sie sich Sorgen machte. Sie schien sich ja wieder um ihn kümmern zu wollen, das erkannte er an den Notizblöcken auf dem Schreibtisch. »Ist das meiner?«

»Wonach sieht es denn aus?« Sie war noch immer ungehalten, und ihre Stimme hatte einen spitzen Tonfall. »Fehlt irgendwas?«

»Eine Tasse Kaffee.« Keppler lächelte versöhnlich. »Ein Ferrari-Poster und der Urlaubsplaner.«

»Schön, dass dir das Büro gefällt«, gab Eva zurück.

Keppler schnappte sich seinen Koffer und brachte ihn zu dem leeren Tisch, der am Fenster stand.

»Hör mir mal zu, Keppler!« Eva hatte sich wieder an ihren Schreibtisch gesetzt und schlug eine Akte auf.

»Ja?« Keppler wuchtete den Koffer auf den Tisch.

»Hier in der Akte steht: Sybille Freytag hat ihren Mann angeblich nackt mit ihrer Tochter im Bad erwischt.«

Keppler öffnete den Koffer. »Was heißt ›erwischt‹?«

»Na ja, er hat die kleine Carla«, Eva wiegte den Kopf, »gestreichelt.«

»So was machen Väter schon mal.« Keppler begann sich auszuziehen.

»Der Fakt ist: Sie hat ein Alibi.«

Alibis von Verwandten sind immer mit Misstrauen zu behandeln, dachte Keppler und sah sich die Sachen in seinem Koffer an.

Bekleidungsmäßig konnte er Eva nicht toppen, dafür legte sie viel zu viel Wert auf ihr Äußeres. Ganze Vermögen gab sie für ihre Garderobe aus, und heute trug sie unter ihrer Lederjacke eine edle Weste über einer schwarzen Satinbluse. Dazu Nadelstreifenhosen, damit demonstrierte »Mann« Kompetenz, wie sie immer behauptete.

Aber das war Quatsch. Keppler trug zwar auch gerne Nadelstreifen, hielt es aber sonst, was die Kleidung betraf, wie Adenauer: keine Experimente. Er besaß fünf Anzüge, zehn passende Hemden dazu, drei paar Schuhe und eine Krawatte, die er nie anlegte. Von Unterwäsche, Socken und ein paar T-Shirts abgesehen war's das. Mehr braucht kein Mensch, um korrekt gekleidet zu sein. Kompetenz, war sein Leitspruch, muss man sich ohnehin hart erarbeiten, die kommt nicht von selbst, da nutzt auch das teuerste Outfit nichts. Insofern war es egal, was er anzog, also holte er die erstbeste Hose aus dem Koffer.

Eva erhob sich und lief nachdenklich im Raum umher. »Die Anwohner haben weder was gesehen, noch haben sie irgendetwas gehört. Der Einzige, der uns bleibt, ist der Jugendliche, der abgehauen ist.«

»Vielleicht auch eher Zeuge.« Keppler zog sich um.

Eva wandte sich diskret ab. »Zeuge?«

»Ich glaube nicht, dass es der Jugendliche war«, wurde Keppler deutlicher. Zumal Frau Kühne ja auch nur »vielleicht« gesagt hat. Einer war abgehauen, ja, und vielleicht war es ein Jugendlicher gewesen, aber nicht der Täter, denn der floh vermutlich übers Dach.

»Ja, aber es muss doch einen Grund geben, warum der abgehauen ist und sich bis jetzt nicht gemeldet hat«, gab Eva zu bedenken, »da ist doch irgendwas.«

»Vielleicht hat er den Täter erkannt. Kriegt Panik, haut ab.« Keppler richtete sich auf. »Hast du was über Pifama rausgekriegt?«

»Unsere verdammten Computer sind noch nicht eingerichtet«, antwortete Eva, »der Kollege kommt gleich, du kennst das ja.« Sie ging zum Telefon, das angefangen hatte zu klingeln, und nahm ab. »Saalfeld?«

Striesow war dran, der Rechtsmediziner. Er war so weit, falls Eva die Ergebnisse gleich haben wolle …

»Ja, wir kommen«, nickte Eva und schaute, wie weit Keppler mit dem Umziehen war. »Gleich, ja.« Sie legte auf und sah Keppler an: Sie mussten ins Zentrum zur Pathologie. Eine gute Gelegenheit, ihm mal ihre Stadt zu zeigen.

Von der neuen Dienststelle in Plagwitz ging es zunächst zur Zschocherschen Straße an kleinen Reihenhäusern und lang gestreckten Mietskasernen vorbei auf die Karl-Heine-Straße. Im neunzehnten Jahrhundert, erzählte Eva, war hier in Leipzig ein künstlicher Schifffahrtskanal von der Weißen Elster bis zur Saale angelegt worden. Initiator war der berühmte Leipziger Industriepionier Karl Heine. Nach ihm wurde sowohl die Straße als auch der Kanal benannt.

Keppler sah aus dem Wagen. Ein Industriepionier, soso. Dann waren die großzügigen, teilweise in parkartigen Gärten stehenden Häuser links und rechts der Straße wohl früher alles Fabrikantenvillen? Schließlich bekam er sogar den Namensgeber der Straße zu Gesicht. Linker Hand tauchte er plötzlich in einer Parkanlage auf. Eine drei Meter hohe Bronzestatue auf einem fast ebenso hohen Granitsockel zeigt den alten Karl Heine auf eine Spitzhacke gestützt, voller Tatendurst und bereit zu neuer Pionierarbeit. Nur die Straße heißt hier nicht mehr nach ihm. Dieser Teil ist schon zu DDR-Zeiten in Käthe-Kollwitz-Straße umbenannt worden. Und da die nicht nur Kommunistin gewesen war, sondern bis heute als hochgeachtete Künstlerin gilt, durfte die Straße den Namen über die Wende hinaus behalten.

Weiter ging es über die Elster, und die Villengegend wich allmählich dichterer Bebauung. Dennoch ist Leipzig eine sehr grüne Stadt. Viele Parks und alter Baumbestand. Hier lässt es sich leben, dachte Keppler zufrieden.

Eva bog rechts in die Friedrich-Ebert-Straße ein, dann links in die Karl-Tauchnitz-Straße. Auch hier lockere Bebauung mit vielen frei stehenden Stadtvillen zwischen schönen Bäumen. Von da ging es direkt auf den Innenstadtring zu, und schon von Weitem war die »Beamtenlaufbahn« zu sehen, das historisierende, an die alte Pleißenburg erinnernde Neue Rathaus. Eva fuhr rechts den Roßplatz entlang, der einst unbebaut blieb, um »freies Schussfeld« zu haben und zu den Befestigungsanlagen der Stadt gehörte. Jetzt gibt es dort, wo früher geschossen wurde, einen Park, und dahinter erhebt sich das Leipziger Cityhochhaus mit dem markant geschwungenen asymmetrischen Spitzgiebel. Der Roßplatz geht in den Augustusplatz mit dem Mendebrunnen und dem Neuen Gewandhaus über. Letzteres verdankt seine Errichtung dem weltbekannten Leipziger Dirigenten Kurt Masur, der hier als Orchesterchef agierte und dem Gewandhaus im revolutionären Herbst 1989 auch eine politische Bedeutung verlieh. Auf seine Initiative hin fanden hier die ersten politischen Gespräche statt, in denen offen über demokratische Reformen in der DDR diskutiert wurde.

Genug gelernt, dachte Keppler erschöpft, denn Eva schwieg endlich mal einen Moment und bog in eine achtspurige Magistrale ein, die sich bescheiden Grimmaischer Steinweg nannte. Von dort ging es am Johannisplatz mit dem Mercure-Hotel vorbei die Prager Straße hinunter. Wenn man die immer weiter hinunterfahre, sagte Eva, komme man irgendwann am Völkerschlachtdenkmal an. Aber das führe heute zu weit, und so blinkte sie vorher rechts und fuhr die Johannisallee entlang, um kurz darauf in der Liebigstraße vor dem Universitätsklinikum mit dem Pathologischen Institut zu stoppen.

Und plötzlich fiel es Keppler wie Schuppen von den Augen: Moment mal, Pathologisches Institut? Wie hieß dieser Doktor noch gleich? – Striesow, Dr. Striesow? War das nicht der Kerl, mit dem Eva …?

Dr. Johannes Striesow mochte vielleicht tatsächlich an Eva denken, als er sinnierend vor der Leiche des frisch obduzierten Hans Freytag stand. Keppler verstand es nicht. Was fand sie nur an diesem Typ? Ein weiches Kindergesicht mit melancholischen Augen, die traurig vor sich hinstarrten. Solche Kerle wurden in amerikanischen Thrillern immer als Erste umgebracht. Wahrscheinlich litt dieser Striesow immer mit, wenn er einen Toten obduzierte. Wenn er wenigstens ein richtiger Arzt gewesen wäre, aber sich von Händen streicheln zu lassen, die dauernd Leichen aufschnitten – nee, das konnte Keppler nicht verstehen: Was trieb Eva zu solch abstrusen Affären?

»Guten Tag!«

Der Rechtsmediziner fuhr herum. »Ah, Eva!«

»Hallo, Johannes.«

Wie sie ihn anlächelte, war kaum auszuhalten.

»Andreas Keppler – Johannes Striesow«, stellte sie die Männer einander vor, aber Keppler drehte sich um und wandte sich demonstrativ dem vorläufigen Obduktionsbericht zu, der in einer Kladde auf dem Beistelltisch lag. Deshalb waren sie hier. Sie hatten eine Leiche und wollten wissen, wie der Mann zu Tode gekommen war. Alles andere interessierte nicht.

Leider schien Striesow das anders zu sehen, denn er wandte sich ihm zu und rief: »Ach, Herr Keppler! Ich habe schon viel von Ihnen gehört.«

»Was?« Keppler sah irritiert auf.

»Dass Sie es zum Beispiel«, Striesow kam dicht heran, »nicht so mit dem Grüßen haben.«

Ein Augenblick lang glaubte Keppler, sich verhört zu haben. Er sah kurz zu Eva, dann wieder zu Striesow. Glaubte dieser Leichenfledderer wirklich, ihn mit solchen spießigen Sprüchen aus der Reserve zu locken?

»Was wollen Sie?« Kühl sah er den Pathologen an. »Schönen guten Tag, Herr Dr. Striesow? Schönes Wetter heute, was macht die Kundschaft?«

»Ja, zum Beispiel«, gab Striesow zurück und grinste

spöttisch, »aber das ist schon in Ordnung. Wir sind hier unten nicht so förmlich.«

War's das, Arschloch?, dachte Keppler. Können wir jetzt mal zum Punkt kommen? Er blickte zu Eva, und die schien verstanden zu haben.

»Weißt du schon was über das Messer?«, erkundigte sie sich.

»Ja, klar.« Striesow sah sie liebevoll an. »Wir haben ein relativ formgetreues Abbild der Klinge im Herzen gefunden.«

Keppler genoss Evas bewundernden Blick und winkte lässig ab. Das war eine Frage des kriminalistischen Gespürs.

»Das Messer ist also die Tatwaffe ...«, führte Striesow weiter aus, »... und gleich der erste Stich war tödlich.«

So kann das nichts werden, Doktor, dachte Keppler zufrieden, wenn du einer Frau wie Eva Dinge erklärst, die sonnenklar sind, läuft sie dir davon.

Striesow trat an die Bahre mit dem toten Freytag. »Ein Stich ins Herz, von unten ausgeführt. Sehr professionell.«

Dann wurde Freytag von jemandem umgebracht, der töten konnte, dachte Keppler. Gut, das schränkte den Täterkreis ein. Man sollte sich auf Soldaten konzentrieren, alte Kameraden, vielleicht aus Freytags Bundeswehrzeit, sofern er gedient hat. Möglich wäre auch, dass Freytag einem Auftragsmord zum Opfer gefallen ist.

»Die anderen Stiche sind dem Herrn später zugefügt worden«, setzte Striesow hinzu.

»Da wollte jemand Raserei vortäuschen«, vermutete Eva.

Keppler hob das Tuch etwas an, mit dem der Tote teilweise abgedeckt worden war.

»Da sind Prellungen«, stellte er fest.

»Genau«, Striesow nickte, »viele Hämatome über den ganzen Körper verteilt. Der Tote hat sich anscheinend einige Stunden vor seiner Ermordung noch geprügelt.« Er ging langsam um die Bahre herum. »Oder sagen wir besser, er ist regelrecht verdroschen worden.« Striesow beugte sich vor und deutete auf Freytags Kopf. »Und sehen Sie das Gesicht? Das ist offenbar gezielt ausgelassen worden. Kommt selten vor bei Schlägereien, oder?« Er sah Keppler an, doch der wandte sich sofort ab. So weit kam es noch, dass er mit diesem Striesow mögliche Tathergänge diskutierte.

»Da sieht es die Öffentlichkeit nicht«, sagte Eva, »kleine versteckte Warnung.«

Wovor?, überlegte Keppler. Wozu erst warnen, wenn man anschließend doch gleich tötet? Ist da ein Streit eskaliert? Oder gaben sich vor der Tat Freytags Gegner die Klinke in die Hand? Erst kommt einer und verprügelt ihn, der Nächste bringt ihn um, und ein Dritter kommentiert das mit roter Farbe? Keppler besah sich die Hände des Toten noch einmal genauer. Wer verprügelt wird, wehrt sich. Und wer mit einem Messer angegriffen wird, erst recht. Unter den Fingernägeln müsste doch etwas zu finden sein, Hautabschürfungen vielleicht und Blutpartikel des Mörders.

»Faser- oder Gewebespuren?«, erkundigte sich Eva.

»Allerdings«, nickte Striesow, »Kollege Menzel hat Fasern an der Kleidung sichergestellt. Und ich habe zellkernfreies Spurenmaterial unter den Nägeln gefunden. Hautzellen. Lasse ich gerade analysieren.«

»Wozu gehören die Fasern Menzels Meinung nach?«, fragte Keppler.

»Tja, dem Material nach könnte es ...«, Striesow überlegte, »… könnte es Wolle sein.« Er schüttelte den Kopf. »Überall Fasern – an der Vorder- und Rückseite der Kleidung.«

Keppler sah Eva an.

Die blickte nachdenklich auf den Toten. »Vorne und hinten?«

»Mhm«, machte Striesow.

»Seltsam«, fand Eva.

»Ja.« Keppler nickte enttäuscht. Dann gehörten die Wollfasern wahrscheinlich zu einem Pullover oder einer Jacke von Freytag. Es sei denn, es fanden sich noch Spuren einer fremden DNA.

»Konnten Sie was mit den Fasern anfangen, die ich gefunden habe?« Noch während er die Worte sagte, wusste er, dass er Striesow jetzt eine prächtige Vorlage geliefert hatte. Nur einen Moment lang hatte er außer Acht gelassen, dass er sich hier in der Rechtsmedizin befand. Um Fasern aber kümmerten sich die Spurensicherer von der KTU. Das Letzte, was Keppler gebrauchen konnte, war, dass dieser arrogante Striesow ihn über die Kompetenzen der Kriminalistik aufklärte.

»Na, das«, Striesow grinste, »müssen Sie jetzt allerdings Menzel fragen.«

»Ja«, giftete Keppler zurück, bevor der Pathologe noch mehr sagen konnte, »das mache ich auch.« Er wandte sich um und wollte den Raum umgehend verlassen, verhedderte sich aber in den automatisch öffnenden Türen, sodass ihm auch noch der Abgang misslang.

Eva lächelte. »Man gewöhnt sich dran«, sagte sie beschwichtigend zu Striesow und ging ebenfalls.

Ein Anruf ergab, dass sich Menzel gerade auf dem Weg in die Mordkommission befand. Keppler und Eva fuhren eilig zurück nach Plagwitz. Eva saß am Steuer, und Keppler ließ sich mit der Zentrale verbinden.

»Ich brauche eine Liste aller vorbestraften Berufssoldaten in Leipzig und Umgebung.«

Eva sah ihn fragend an.

»Du hast doch gehört, was dein Lover gesagt hat«, knurrte Keppler. »Freytag wurde professionell getötet.«

»Striesow ist nicht mein Lover«, stellte Eva klar.

Dann eben nicht. Keppler lehnte sich grimmig zurück. Die Frage war, was Striesow dann war: der zukünftige Ehemann? Viel Spaß, Doktor, das habe ich schon durch!

Eva stoppte den Wagen vor der Dienststelle. Keppler sprang hinaus und fing Menzel noch in der Eingangshalle ab.

Der war sauer. Da hatte er eine Dreiviertelstunde lang auf die Kommissare gewartet, und als er endlich gehen wollte, rannten die ihn fast um.

»Mir ist noch unklar, wozu die Fasern gehören könnten«, sagte er, »aber diese Krümel hier sind Hundekuchen.«

»Hundekuchen?« Eva nahm Menzel das Kuvert mit den entsprechenden Stücken ab, gab es ihm aber dann ungeöffnet zurück.

»Deswegen hat keiner was bemerkt«, Keppler lief zügig weiter, »der Hund hat nicht angeschlagen!«

Eva folgte ihm verständnislos die Treppe hoch. »Was denn für ein Hund?«

»Der Hund in dem Hinterhof«, erwiderte Keppler. Das war eine gute Nachricht, denn wenn Freytags Mörder Hundekuchen dabeigehabt hatte, musste er von dem Köter im Hinterhof gewusst haben. Damit war Kepplers Theorie wieder perfekt: Der Täter floh über die Dächer, der Hund wurde mit Hundekuchen ruhiggestellt. An der Mülltonne wurden die Tatwaffe und die Spraydose entsorgt, mit der das Wort »Todesstrafe« an den Rumpf des Bootes gesprüht worden war. Man musste auf der Liste der vorbestraften Berufssoldaten nur noch jene herauspicken, die die Gegend genau kannten oder sich kurz vor der Tat ein genaues Bild davon gemacht hatten.

»Was ist mit Fingerabdrücken?«, wandte sich Eva an den Spurensicherer, während sie Keppler folgte.

»Am Messer keine«, antwortete Menzel, »auf der Spraydose hingegen jede Menge.«

Die Kommissare liefen zügig die Treppe hoch, und Menzel hatte Mühe, mit ihnen Schritt zu halten.

»Vom Opfer und noch einer Person«, setzte er hinzu.

Keppler kam ins Grübeln. Vom Opfer? Dann war die Dose vermutlich aus Freytags Werkstatt. Da stand ja genug Farbe herum. Vielleicht hatte er noch versucht, dem Täter die Dose aus der Hand zu reißen, damit der sein Boot nicht beschmieren konnte. Und dann hatte der Täter zugestochen. Aber dann hätte er doch seine Fingerabdrücke von der Dose abgewischt, genau wie er es beim Messer tat, bevor er beides in die Mülltonne warf.

»Das mit der Spraydose war nicht geplant«, überlegte er laut. Vielleicht waren es zwei? Einer beschmierte das Boot, der andere tötete? Die alte Frage: Was war zuerst? Der Schriftzug am Boot oder der Mord? Wie auch immer, die unbekannten Fingerabdrücke an der Dose würden sich ermitteln lassen. Keppler sah Menzel fragend an. Der Ärmste war schon ganz außer Atem. Vermutlich nahm er an, dass es zum Selbstverständnis ermittelnder Kriminalkommissare gehörte, dauernd in Eile zu sein. Warum hielt er nicht einfach mal an? Schließlich wollten doch Eva und Keppler was von ihm.

»Die Spuren vom Müllcontainer werten die Kollegen übrigens gerade noch aus.« Atemlos setzte Menzel den Kommissaren jetzt über den Flur in der ersten Etage nach, und allmählich fand Keppler Spaß daran, dem Spurensicherer davonzulaufen. Er beschleunigte seinen Schritt, rannte jetzt. Mal sehen, wann der Jungspund genug hatte.

»Hast du irgendwas über dieses Plastikschildchen?« Auch Eva fing an zu rennen.

»Nichts«, keuchte Menzel und stolperte hilflos hinterher.

Keppler konnte es nicht fassen. Merkte der arme Junge nicht, dass sie ihn hier auf den Arm nahmen? Verzweifelt sprintete er den Kommissaren hinterher, vorbei an erstaunten Handwerkern, die letzte Elektroleitungen installierten, vorbei an verblüfften Kollegen, die gerade aus der Mittagspause kamen und sich wohl ihre eigenen Gedanken über den seltsamen Wettlauf machten. Doch dann begriff Menzel endlich, dass man sich einen Scherz mit ihm erlaubte, und blieb stehen. Keppler lächelte und stoppte ebenfalls. Erste Lektion für Berufsanfänger: Verkauf dich nie unter Wert. Und renne vor allem niemals Leuten hinterher, die was von dir wollen. Lass sie antreten, beweg dich keinen Schritt. Diese Gesellschaft honoriert weder Eifer noch vorauseilende Dienstfertigkeit. Also benimm dich gefälligst wie ein Arschloch, Menzel, wenn du ernst genommen werden willst! Aufmunternd sah er den Spurensicherer an.

»Und die Fotos, die Freytag gemacht hat?«

»Fehlanzeige.« Menzel rang nach Luft. »Weder in der Kamera noch auf dem Laptop noch als Ausdruck haben wir irgendwelche Fotos gefunden.« Er hob atemlos die Hand zum Abschied: »Tja dann …«, und entließ sich selbst.

»Guter Mann«, nickte Eva anerkennend.

Das wird er vielleicht irgendwann, dachte Keppler.

»Wir sehen uns trotzdem noch mal in Freytags Wohnung um«, rief Menzel über die Schulter, »wer weiß …«

Keppler bemerkte zwei junge Männer in abgewetzten Jeans, die in einem der Büros vor einem Monitor hockten und über abgeschirmte WLAN-Netze fachsimpelten.

»Ist der Computer schon angeschlossen?«

Bevor die Männer antworten konnten, trat er heran und tippte »Pifama« in die Tastatur. Dann sah er, dass der Computer nur weiß vor sich hinflimmerte.

»Mist! Wie lange dauert das denn noch?«

»Vielleicht am Nachmittag«, erwiderte einer der jungen Männer, »wir sind mit Hochdruck dran, aber der Server stürzt ab, wenn wir den Code eintakten. Wahrscheinlich ein Kompatibilitätsproblem, das hatten wir schon öfter.«

Keppler verstand kein Wort und wollte schon wieder gehen, da rief ihn der Techniker zurück. »Sie wollten doch was über Pifama wissen!«

»Ja.« Keppler drehte sich wieder um.

»Alibaba – Dot – Ci-En«, sagte der Techniker.

Keppler sah ihn ratlos an.

»Wie China«, wurde der Techniker deutlicher, sprach »China« aber englisch aus, »Tschaina.«

»Und was heißt das?«

»Geschenkverpackungen«, der Techniker zeigte auf ein mit neckischen Osterhasen verziertes Schächtelchen auf dem Schreibtisch, in dem er diverse CD-ROMs mit Computerprogrammen aufbewahrte, »kleine und große Schatullen, Schmuckkassetten, Hutschachteln aus Pappe, Plastik und Metall. Wird vor allem zu Ostern und im Weihnachtsgeschäft von Versand- und Kaufhäusern geordert. Pifama ist weltweit größter Onlineanbieter von Geschenkverpackungen. Die sitzen in Schanghai und arbeiten mit geklauten Programmen von uns.«

»Aha«, machte Keppler und trat nachdenklich wieder hinaus in den Gang.

»Sag mal, die Spielchen haben wir jahrelang gespielt«, Eva lief wütend auf ihn zu, »ich hab sie echt nicht vermisst!«

Was war denn jetzt schon wieder? Keppler brauchte einen Moment, um zu verstehen, dass sie zwar nicht diese Spielchen, ihn aber durchaus vermisst hatte, als er eben plötzlich vom Flur verschwunden war. Offenbar hatte Eva nicht mitbekommen, dass er in eines der Büros getreten war, und ihn dann gesucht. Jetzt war sie ganz aufgewühlt, und Keppler lächelte. Als ob ein ausgewachsener Mann in einer nagelneuen Polizeidienststelle verschwinden könne. Gab es hier noch ungesicherte Baugruben, oder was? Er war mal kurz weg gewesen, und?

»Herrgott, wir arbeiten zusammen, Keppler!«

Soll er sich deshalb jedes Mal bei ihr abmelden? »Vielleicht muss ich ja mal aufs Klo!«

»Du warst *nicht* auf dem Klo!«

»Trotzdem hättest du ja schon vorgehen können.«

»Ach, wie freundlich«, gab sie spitz zurück.

Warum muss sie dauernd Amme spielen?, dachte Keppler. Auch deshalb war ihre Ehe zerbrochen. Weil sie sich immer um ihn kümmerte, ob er nun wollte oder nicht. Dabei war er durchaus auch ohne Eva lebensfähig, war das so schwer zu begreifen?

»Ich dachte, dass bei den Kollegen die Computer schon angeschlossen sind«, sagte er ruhiger. »Wollte mal kurz Pifama googeln.«

»Und?«

»Sie sind nicht angeschlossen. Aber Pifama ist wohl irgend so ein ...«, Keppler hob die Hände und ließ sie wieder sinken, »... chinesischer Versandhandel. Jedenfalls stellen die Geschenkverpackungen und so was her. In Schanghai. Behauptete jedenfalls der Techniker.«

»Aha«, machte Eva.

Sie erreichten ihr Büro. Eva öffnete die Tür, als ein Uniformierter heraneilte.

»Frau Saalfeld?« Er reichte ihr einen abgewetzten Aktenordner. »Die hatten Sie angefordert. Geht zwanzig Jahre zurück. Reicht das?«

»Ich hoffe.« Eva schlug den Ordner auf und sah hinein. »Na, das ging ja schnell!«

»Was ist das?«, wollte Keppler wissen, doch Eva antwortete nicht gleich, sondern blätterte die Akte durch.

»Ein Mann wird ermordet«, sagte sie nach einer Weile nachdenklich, »und neben seine Leiche wird ›Todesstrafe‹ gesprüht und davor zweimal an seinen Laden das Wort ›Kinderschänder‹.« Sie sah auf. »Wonach fühlt sich das für dich an, Keppler?«

Keppler hob die Augenbrauen und kratzte sich am Kopf. Gute Frage, dachte er. Todesstrafe, Kinderschänder ... Die Anzeige von Freytags Frau, die Verzweiflung der Bäckerin ...

»Nach so einer Art Hexenjagd?« Aber dafür schien die Stimmung nach allem, was er bislang so mitbekommen hatte, noch nicht aufgeheizt genug. Doch was hatte er schon groß mitbekommen? Oft vollzieht sich so was im Stillen. Die Nerven liegen blank, hatte die Bäckersfrau gesagt. Zwei tote Kinder, nie aufgeklärte Morde, die die Wut hochkochen lassen. Das Grauen liegt unter der Oberfläche, dachte er. Was geschieht wirklich hinter den hübschen Fassaden von Leipzig?

»Was ist denn, wenn Freytag sein Kind tatsächlich missbraucht hat?« Eva sah ihn an, als hätte sie seine Gedanken gelesen.

»Das wäre immerhin ein Mordmotiv«, bekräftigte Keppler.

»Also dann«, Eva reichte ihm den Aktenordner, »erst Steinbrecher und dann Pifama.«

Keppler hätte lieber mit den Zeugenbefragungen begonnen, noch mal nachgebohrt, ob jemand was gesehen hatte. Der blasse Junge etwa, der ihm am Tatort aufgefallen war. Auch galt es herauszufinden, wem die zweiten Fingerabdrücke auf der Farbspraydose zuzuordnen waren. Stattdessen drohte Eva mit neuen Stadtführungen im Auto.

»Warum Steinbrecher?«, fragte er.

»Das war doch deine Idee!«

»Meine Idee?«

Eva deutete auf den abgewetzten Aktenordner: »Das ist die Liste der vorbestraften Berufssoldaten, die du angefordert hast. Steinbrecher steht ganz oben drauf.«

ACHT

Zum Glück war der »Sachsenhof« nicht weit entfernt. Auch links der Elster gelegen, also fast im selben Viertel in der Weißenfelser Straße, höchstens drei Autominuten entfernt, sodass man auch gut zu Fuß hätte gehen können. Keppler war ein leidenschaftlicher Fußgänger. Vor allem fremde Städte ließen sich so wunderbar erschließen. Schon wenn man die Leute nach dem Weg fragte, konnte man ein Gefühl für die Stimmung in der Gegend bekommen. Das war unverzichtbar, gerade bei Mordermittlungen. Ein zufälliger, unverbindlicher Wortwechsel sagte manchmal mehr aus als ein ganzes Verhör. Aber Eva blieb gnadenlos. Sie hatte schon immer alles mit dem Auto gemacht, war sogar einkaufen damit gefahren, auch wenn der Laden gleich um die Ecke lag. Noch so ein unüberbrückbarer Gegensatz zwischen ihnen, eigentlich lächerlich, doch in der Summe …

Schon von außen vermittelte der »Sachsenhof« einen respektablen Eindruck. Ein kleiner Vorgarten schirmte das mit roten Ziegeln und weißem Kalkstein verkleidete Souterrain des prächtigen Gründerzeithauses zur Straße hin ab. Auch innen verströmte das Restaurant mit viel dunklem Holz, schmiedeeisernen Kandelabern und gewaltigen, mit Schnitzereien verzierten Säulen den pompösen Charme der Kaiserzeit. Der hintere Teil des Raumes lag etwas erhöht auf einer Art Empore hinter einem ebenfalls schmiedeeisernen Geländer. Hier probte der Schleußiger Bürgerchor immer mittwochs sein Repertoire. Heute war Franz Schubert dran, »Der Lindenbaum«. Auch Todesstrafenbefürworter Steinbrecher war mit seinem tiefen Bass dabei, obgleich das Stück eher für Tenöre und andere hohe Männerstimmen geschrieben wurde.

»... ich schnitt in seine Ri-hin-de, so man-ches liebe Wort – es zog in Freud und Lei-hei-de zu i-him mich i-him-mer fort – zu i-him mich i-him-mer fort ...«

Wie passend! Eva lächelte sarkastisch: Einer dirigiert, die anderen singen.

Keppler trat an den Tresen. Auch hier lagen die Flugblätter des Vereins Aktion Selbsthilfe e.V. aus, daneben Unterschriftenlisten, auf denen offen die »Todesstrafe für Kinderschänder« gefordert wurde.

»Wollen Sie etwas trinken?« Eine Kellnerin trat heran.

»Danke.« Keppler winkte ab und sah die Listen durch: Sieh an, sieh an, die ehrenwerten Bürger, dachte er, unterschreiben munter jeden Dreck!

»Wir müssen Schluss machen«, beendete der Chorleiter die Probe, und in die Sänger kam Bewegung. Stühle und Schuhe scharrten, man verabschiedete sich geräuschvoll voneinander, und Steinbrecher kam heran.

»Tag, Herr Steinbrecher!«, rief Eva.

»Guten Tag«, erwiderte der und wollte weitergehen, aber Eva hielt ihn zurück.

»Sehen Sie, jetzt weiß ich, warum Frau Kühne auf Sie losgegangen ist. Sie hatten schon mal Ärger mit Freytag.«

»Na und? Macht mich das etwa tatverdächtig?« Steinbrecher wandte sich ab und wollte weiter, doch Keppler stand ihm beharrlich im Weg. »Ja, ich hab ihm eins auf die Nase gegeben, und er hat mich angezeigt. So was kommt vor!«

»Sie wurden zu einer hohen Summe Schmerzensgeld verurteilt«, sagte Keppler. »Worum ging's denn in dem Streit?«

»Worum wohl? Er sollte unsere Kinder in Ruhe lassen«, knurrte Steinbrecher und sah sich im Raum um. »Was soll denn noch alles passieren, nicht wahr?«

Die Menschen im »Sachsenhof« nickten beifällig, zustimmendes Gemurmel wurde laut.

»Jemand hat das Wort ›Todesstrafe‹ neben die Leiche von Hans Freytag gesprüht«, sagte Eva lauter, »davor zweimal ›Kinderschänder‹ an sein Lokal.«

»Recht so«, rief jemand und ein anderer: »Den hätte man schon längst aufhängen sollen!«

»Zwei tote Kinder«, eine zierliche Frau mit Piepsstimmchen kam heran, »reicht Ihnen das nicht?«

Keppler besah sich die Leute genauer. Waren das Menschen, die nachts umherschlichen und heimlich Türen und Wände beschmierten? Sah so der Mob aus? Gepflegte graumelierte Herren in Krawatte, die Damen frisch frisiert und in gestärkten Blusen? Waren die fähig zum Lynchmord?

»Dieser Hans Freytag hat sogar die eigene Tochter angefasst«, sagte der Chorleiter ruhig. »Soll man solche Typen laufen lassen?«

Soll man sie besser umbringen? Keppler war fassungslos. Mit einem der Flugblätter trat er vor die Sänger.

»Aktion Selbsthilfe e.V.«, rief er, »Todesstrafe. Dolles Ding, was?« Er erntete zustimmendes Gemurmel und wandte sich an Steinbrecher. »War doch Ihre Forderung, nicht? Und jetzt haben wir uns überlegt, vielleicht haben Sie das Gesetz jetzt selber in die Hand genommen.«

»Wir sind für härtere Gesetze, nicht für Selbstjustiz«,

stellte Steinbrecher klar, »die ›Aktion Selbsthilfe Kinderschutz‹ ist ein eingetragener Verein auf dem Boden des Grundgesetzes.«

»Das müssen Sie mir überhaupt mal erklären«, Eva kam interessiert heran, »ich meine, wozu Sie diesen Verein gegründet haben?«

»Ja, sollen wir tatenlos zusehen, wie unsere Kinder vergewaltigt werden?«, rief die Frau mit der Piepsstimme. »Da muss man doch gegen vorgehen!«

»Wir können uns nicht aus der Verantwortung stehlen«, pflichtete Steinbrecher bei und gab den engagierten Bürger. »Kinderschänder sind nicht therapierbar«, behauptete er im Brustton der Überzeugung, »solange die mit milden Strafen davonkommen, sind unsere Kinder nicht sicher.«

»Und Sie wollen mir ernsthaft erzählen, dass Sie und Ihr Verein mit diesen Schmierereien nichts zu tun haben?« Eva sah ihn herausfordernd an.

»Der Mörder hat das neben die Leiche geschmiert, um uns die Schuld in die Schuhe zu schieben«, erwiderte Steinbrecher und sah Eva kopfschüttelnd an. »Ist das nicht ein bisschen zu billig, daraus voreilige Verdächtigungen abzuleiten?«

»Gefängnisstrafen belasten die Steuerkassen zu sehr. Warum sollen wir für die Perversen zahlen? Kopf ab ist billiger!« Das hatte der Bäcker Kühne gerufen. »Das sind doch keine Menschen, die so was tun!«

Kepplers Kopf wurde tiefrot vor Wut. Wie selbstgerecht musste man sein, um zu entscheiden, wer Mensch sein darf und wer nicht.

Eva beugte sich zu Steinbrecher vor.

»In welchem Verhältnis standen Sie persönlich zu Hans Freytag?«

»In gar keinem«, erwiderte Steinbrecher, »ich verkehre nicht mit Kinderschändern!«

Keppler platzte der Kragen. »Mit wem verkehren Sie denn?«, rief er wütend. »Mein lieber Herr Gesangsverein?«

Jetzt regten sich die Chorsänger auf. Sie wollten nur ihre Kinder schützen, war das verboten?

Was wollte die Polizei überhaupt hier?

Wo war sie gewesen, als die beiden Mädchen ermordet wurden?

»Es ist zum Kotzen in diesem unserem Land«, rief der Chorleiter mit hochrotem Gesicht, »jeder Ladendiebstahl wird härter verfolgt. Aber hier geht's ja nur um Kinder!«

»Was muss denn noch alles passieren?«, piepste die zierliche Dame.

»Schon gut, schon gut, schon gut«, beruhigte Steinbrecher die aufgebrachten Gemüter. Mit diesen unfähigen Kriminalisten kam er allein klar. »Ich sage es Ihnen klar heraus«, wandte er sich demonstrativ an Keppler, und seine Stimme bekam einen unangenehmen Klang, »ich weine dem Freytag keine Träne nach. Für mich war der schuldig.«

Keppler konnte es nicht fassen. Mit einem Satz war er bei Steinbrecher auf der Empore. »Ja, und Sie entscheiden jetzt, wer schuldig ist oder nicht?«

»Warten Sie doch ab, bis Ihr Kind einer solchen Bestie in die Finger fällt«, zischte Steinbrecher, »dann werden Sie noch an mich denken!«

»Ich werde auch so an Sie denken«, knurrte Keppler, »verlassen Sie sich drauf!«

Ihre Nasen berührten sich fast, so dicht standen sich die Männer gegenüber.

Angespannte Ruhe im Raum. Eva biss sich auf die Lippen.

»Wenn Sie Ihre Arbeit anständig machen würden«, schnaubte Steinbrecher leise, »dann müsste es uns gar nicht geben.«

Keppler war drauf und dran, zuzuschlagen. Noch ein Wort, dachte er grimmig, und ich vergesse mich. Mühsam zwang er sich zur Ruhe und atmete langsam aus. Ich mach mir hier die Finger nicht schmutzig. Wenn Steinbrecher schuldig ist, werde ich es ihm nachweisen. Er trat einen Schritt zurück und verließ wortlos die Empore.

»Sie sind mal wieder hinter dem Falschen her!«, rief Steinbrecher ihm nach.

Jetzt reichte es Eva. Sie baute sich vor Steinbrecher auf und sah ihn wütend aus blitzenden Augen an. »Wo waren Sie heute Morgen zwischen sechs und sieben Uhr?«

»Auf dem Klo, unter der Dusche, an der Kaffeemaschine, beim Frühstück«, antwortete Steinbrecher knapp, »genau in dieser Reihenfolge!«

»Und Ihre Frau kann das sicherlich bestätigen?«

»Ich lebe allein.«

Eva fixierte ihn kühl. »Verstehe ich gar nicht.«

Keppler entdeckte plötzlich einen Wollpullover hinter dem Tresen. Achtlos hingeworfen auf einem noch unangezapften Bierfass. Er war rot-weiß gestreift – rot-weiß, so wie die Fasern überall in Freytags alter Werkstatthalle.

»Ist das Ihrer?«

Steinbrecher starrte ihn an und wurde bleich.

Na also, dachte Keppler und verzog keine Miene.

»Auf dem Klo, unter der Dusche, an der Kaffeemaschine – in dieser Reihenfolge!« Als sie aus dem »Sachsenhof« kamen, war Keppler noch immer außer sich. »So ein dämliches Arschloch!«

»Mir kommt das irgendwie komisch vor«, überlegte Eva.

»Was?« Da ist nichts komisch, dachte Keppler, der Kerl ist unser Mann. Der brave Bürger hat das Gesetz selbst in die Hand genommen, und dieser Wollpullover wird es beweisen!

Eva drehte sich fragend zu ihm um. »Freytag wird von seiner Frau verklagt, Steinbrecher und Konsorten malen Hassparolen an sein Lokal, und der ist noch nicht abgehauen?«

»Abhauen, abhauen«, regte sich Keppler auf, »warum soll man denn wegen so was abhauen?« Immerhin leben wir in einem Rechtsstaat, normalerweise wird man in unserem Land nicht auf Verdacht hin von durchgeknallten Chorknaben gelyncht. Wütend marschierte er zum Lokal zurück. »Ich gehe da noch mal rein …«

»Keppler!« Eva lief ihm nach und hielt ihn zurück. »Warte! Wir haben nichts in der Hand. Wir brauchen den Tatzeugen!«

Wir brauchen vor allem das Labor, dachte Keppler und sah auf den Wollpullover.

Und wir brauchen die Fingerabdrücke auf der Farbspraydose.

Plötzlich piepte Evas Handy und meldete den Eingang einer SMS.

»Guck mal hier!« Sie reichte das Telefon an Keppler. »Die Kollegen haben die letzten Anrufe von Freytag gecheckt.«

»Der letzte war um dreiundzwanzig Uhr achtzehn

von einem Max Lornsen«, Keppler sah nachdenklich aufs Display, »über ein Prepaidhandy auf den Namen Elke Lornsen.« Er sah Eva an. »Und wo wohnen die Lornsens?«, fragte er.

NEUN

Es gab neunundzwanzig Lornsens in Leipzig, das ergab eine Nachfrage beim Melderegister. Elke Lornsen lebte in einem frisch modernisierten Hinterhaus in der Scheffelstraße. Ein Vorderhaus fehlte, vermutlich war es in den letzten Kriegstagen abgebrannt oder zu DDR-Zeiten so lange dem Verfall preisgegeben worden, dass es sich nicht mehr retten ließ und schließlich abgerissen werden musste. Dafür waren die Mieten damals sensationell günstig, hatte Eva immer gefunden, doch was nutzte das, wenn die Häuser nicht instand gehalten werden konnten und am Ende in sich zusammenfielen. – Wie oft hatten sie solche Diskussionen geführt, damals in Wiesbaden.

Insofern war es ein bisschen wie früher, als Keppler und Eva durch den hübschen Vorgarten liefen und wieder das alte Thema debattierten: Nicht alles war schlecht in der DDR – aber war es deswegen gut?

Sie stiegen die Treppe hoch und stoppten vor einer Tür im Hochparterre. Auch ein Lutz Lornsen lebte noch in der Wohnung, zumindest stand es so auf dem Klingelschild. »Elke und Lutz Lornsen«. Wer aber war dann Max?

»Es ist ein Prepaidhandy«, sagte Eva, »also wird es wohl der Sohn sein.«

»Warum nicht der Opa?«, widersprach Keppler. »Sie hat ihm das Handy besorgt, falls mal was ist.«

»Ich wette, es ist der Sohn«, erwiderte Eva und klingelte an der Tür.

»Max ist ein typischer Opaname«, meinte Keppler. »Ich schätze diesen Max Lornsen auf gute achtzig.«

»Und so ein alter Mann telefoniert nachts mit Freytag?« Eva schüttelte den Kopf.

»Wieso nicht? Alte Leute brauchen wenig Schlaf.«

»Es ist der Sohn, verlass dich drauf.«

Eine kleine, etwas verhuscht wirkende Frau von etwa vierzig Jahren öffnete und sah die Kommissare fragend an.

»Guten Tag«, sagte Eva, »Frau Lornsen?«

»Ja bitte?«

»Eva Saalfeld, Kriminalpolizei.«

»Kriminalpolizei?« Elke Lornsen guckte erschrocken. »Was ist denn passiert?«

»Wir würden gern mit Max sprechen«, sagte Eva.

»Mit meinem Sohn?« Elke Lornsen machte zögernd Platz. »Kommen Sie doch rein.«

Eva sah Keppler triumphierend an.

Dann ist es bestimmt der Blasse, dachte Keppler und ging interessiert durch die Wohnung. Der schmale Junge, der ihm an der Kulturfabrik aufgefallen war. Doch in der großen, zum Wohnraum hin offenen Küche stand nur ein Mann mittleren Alters und bereitete das Abendbrot vor. Vermutlich Lutz Lornsen.

Hastig überholte Frau Lornsen den sich umschauenden Keppler und sah ihn aus großen, ängstlich wirkenden Augen an.

»Wieso wollen Sie denn mit Max sprechen?«

»Was gibt es denn?«, erkundigte sich der Mann in der Küche.

Keppler fiel auf, dass er ein Poloshirt der Post trug, gelb-blau, wie ein Briefträger.

»Sie haben sicherlich von dem Mord an dem Besitzer

der ›Fabrik‹ gehört«, erklärte Eva, »wir überprüfen rein routinemäßig alle Personen, mit denen er zuletzt telefoniert hat.«

»Die beiden sind von der Kriminalpolizei«, erklärte Frau Lornsen aufgeregt, »sie wollen Max verhören. Wegen des …«

»Nicht verhören, Frau Lornsen«, stellte Eva klar, »nur ein paar Fragen.«

Keppler sah ungeduldig von Elke zu Lutz Lornsen. »Ist er nun da oder ist er nicht da?« Hinter ihm knarrte eine Diele. Keppler drehte sich um und lächelte schwach: »Tag, Max!«

Max nickte kurz und senkte den Blick. Es war tatsächlich der Junge vom Morgen. Und noch immer trug er Kapuzenshirt und schwarze Jacke.

»Ähm, die Herrschaften sind von der Kriminalpolizei.« Elke Lornsen hatte einen bangen Unterton in der Stimme. »Hast du gestern mit Hans Freytag telefoniert?«

»Möglich …« Max zuckte mit den Schultern.

Keppler ging auf ihn zu, und Eva erklärte: »Wir würden gern einen Augenblick mit ihm allein sprechen.«

»Nein, das kommt überhaupt nicht in Frage!«, rief Lutz Lornsen.

»Lass mal«, widersprach Max seinem Vater, »das ist schon in Ordnung.«

Für einen Moment herrschte Stille. Keppler sah Lutz Lornsen an und betrat dann Max' Zimmer. Der schloss hinter sich die Tür.

Eva und die Lornsens blieben etwas betreten im Wohnraum zurück.

Keppler sah sich um: ein typisches Jugendzimmer. Die Spuren der Kindheit waren noch nicht ganz getilgt. Neben dem Bett stand ein schmales Terrarium mit irgendeinem Viech – man sah es nicht, es hatte sich unter trockenen Ästen und Stroh versteckt. Auf dem Schrank neben der Tür saßen ein paar Plüschteddys, auf dem Fußboden lagen Rollerblades. Was ein Jugendlicher heute so hat: Diverse Sportbälle hingen in einem Netz, und am Fenster stand ein Schreibtisch mit Computer. Ungewöhnlich war nur das große Schiffsmodell auf der Kommode an der Wand. Es ähnelte denen, die er in Freytags Wohnung gesehen hatte, und zeigte die »Thermopylae«, einen englischen Klipper, der 1872 im legendären Teerennen die »Cutty Sark« besiegte, die bis dahin als schnellstes Segelschiff der Welt gegolten hatte. Diese Teerennen fanden damals ungeheures Echo und waren monatelang Tagesgespräch bei den sportbegeisterten Briten. Als Junge hatte Keppler mal einen Film darüber gesehen und fortan Seemann werden wollen. Doch Segler sind selten geworden auf den großen Meeren, und so war Keppler Kriminalist geworden, was fast genauso spannend war.

»Willst du verreisen?« Er deutete auf einen gepackten Rucksack.

Max schüttelte fast unmerklich den Kopf. »Ist meine Sporttasche.«

»Mhm«, nickte Keppler und zog Notizblock und Stift hervor. »Du hast Hans Freytag gestern Abend als Letzter angerufen.« Er setzte sich auf das ungemachte Bett und sah den Jungen fragend an. »Worüber habt ihr denn gesprochen?«

»Ich wollte wissen, ob ich heute eingeteilt bin«, antwortete Max mit gesenktem Blick, »ich hab manchmal hinter der Theke ausgeholfen.«

»Und?« Keppler schaute noch mal, ob er das Tier im Terrarium entdeckte. »Bist du es?«

Max schluckte und schwieg bedrückt.

Sehr weiche Gesichtszüge, dachte Keppler, sensibel und zart. Fast wie bei einem Mädchen.

»Du bist also öfter in der ›Fabrik‹?«

»Mhm, nach der Schule oder in den Freistunden.« Max sprach leise, traurig. »Ich hab da manchmal 'ne Cola getrunken … Manchmal hat Hans …«

Keppler sah auf. Hans?

Aber Max verbesserte sich sofort. »… also Herr Freytag …«

»Kannst du mir irgendwas über ihn erzählen?«, unterbrach ihn Keppler ruhig. »Kanntest du ihn gut? – Leute wie zum Beispiel dieser Steinbrecher …«

»Boah, Kinderschänder! Wenn ich so was schon höre!« Max war plötzlich laut geworden und lief aufgebracht umher.

Keppler schwieg und wartete.

Der Junge setzte sich von ihm abgewandt und mit gesenktem Kopf auf die Schreibtischkante. Seine Schultern zuckten. – Weinte er?

»Hans war in Ordnung«, sagte er schließlich kaum hörbar. »Der war … Ja, der war was Besonderes.«

»Süßes Baby.«

Nebenan im Wohnzimmer waren Eva sofort die vielen Kinderbilder an den Wänden aufgefallen. Max in allen Lebenslagen, als Säugling und in der Krabbelgruppe, als Cowboy beim Kindergartenfasching, am ersten Schultag und bei der Konfirmation. Kein Zweifel, die Lornsens liebten ihren Jungen, und offenbar war er ihr einziges Kind.

»Ja.« Herr Lornsen nickte bekräftigend, und auch seine Frau konnte da nur beipflichten. Beide standen in der offenen Küche. Er kochte Spaghetti, sie deckte den Tisch. Für sich und ihren Mann stellte sie – man wird ja nicht jünger und braucht Diät – nur kleine Salatschüsseln hin, Max dagegen – so ein Kind muss schließlich wachsen – bekam den großen Nudelteller.

»Netter Junge, Ihr Max.« Eva stellte sich in den Türrahmen und sah den Lornsens zu. Es rührte sie, wie die beiden sich bemühten. Die Wohnung immer blitzblank, und alles für den Jungen.

»Der hat was drauf«, sagte Lutz Lornsen stolz, »in Mathe nur Zweien.«

»In Mathe …!« Eva nickte bewundernd.

»Mhm.« Lornsen lächelte und rührte die Spaghetti um. »Und auch sonst keine Klagen. Das ist ein guter Junge.«

»Wie gut kannten Sie denn Hans Freytag?«

»Ich?« Lornsen stutzte.

»Wir alle kannten Hans Freytag«, betonte seine Frau spitz und ließ etwas kaltes Wasser in eine Glaskaraffe laufen.

»Flüchtig.« Lutz Lornsen zuckte unsicher die Schultern.

Eva hob die Augenbrauen. »Ein bisschen konkreter?«

»Mein Mann ist Postbote«, stellte Elke Lornsen klar, »die ›Fabrik‹ gehört zu seinem Zustellungsbereich.« Sie bedachte Eva mit einem beleidigten Blick und schickte sich an, die Karaffe Wasser und ein Glas in Max' Zimmer zu bringen.

»Ja, wie man sich eben so kennt«, winkte Lutz Lornsen ab, »da mal eine Unterschrift, hier ein ›Guten Morgen‹.«

Elke Lornsen war abwartend vor Max' Zimmertür stehen geblieben, um noch zu hören, was ihr Mann von sich gab. Als Eva sich zu ihr umdrehte, öffnete sie schnell die Tür.

Max sah auf, als seine Mutter eintrat. Ohne Keppler eines Blickes zu würdigen, lief sie, die Karaffe vor sich hertragend wie eine Trophäe, zu ihrem Sohn, der immer noch auf der Schreibtischkante hockte.

»Hier.« Sie stellte Glas und Karaffe auf den Tisch. »Ein Schluck Wasser.« Besorgt betrachtete sie Max, dann sah sie ängstlich zu Keppler herüber, als wollte sie ihren Sohn vor ihm beschützen – vor ihm und vor allem anderen im Leben.

Keppler lächelte schwach und wartete, bis Elke Lornsen das Zimmer wieder verlassen hatte. Dann steckte er seinen Notizblock ein und wandte sich wieder an Max.

»Würdest du sagen, dass er so was wie ein Freund für dich war?«

»Wie man eben mit jemandem befreundet sein kann, der zwanzig Jahre älter ist«, sagte Max, ohne aufzusehen. »Der konnte zuhören.«

»Und deine Eltern?«

Max lachte leise auf und sah Keppler an. »Haben Sie früher mit Ihren Eltern geredet?«

Keppler grinste und erhob sich. »Meine Mutter ist gestorben, als ich sieben war.« Er trat zu Max. »Und mein Vater war nie da.«

»Der hat sich für uns interessiert.« Max sah Keppler eindringlich an. »Was wir so machen, wovon wir träumen. Wir haben ja auch gemeinsam das Boot restauriert«, fügte er leidenschaftlich hinzu. »Das war unser Boot und unser Projekt!«

»Cool.« Keppler nickte und hörte aufmerksam zu. Der Junge trauerte, so viel war klar. Für ihn war eine

Welt zusammengebrochen. Das musste er erst mal verkraften.

»Hans hat allen, die daran mitgeholfen haben, einen Segeltörn auf dem Cospudener See versprochen«, sagte Max leise und sah ins Leere.

Keppler griff sich nachdenklich die Karaffe und goss Wasser in das Glas. »Hast du schon mal was von Pifama gehört?« Er trank mit großen Zügen.

Max guckte verständnislos. »Was soll denn das sein?«

Tja. Wenn ich das wüsste, dachte Keppler und setzte das Glas ab. »Was hat Freytag eigentlich für Fotos gemacht?«

»Hä?« Max verzog das Gesicht. »Was denn für Fotos?«

»Ach komm, Max.« Keppler lief ungehalten auf und ab. »Freytag hatte eine super Fotoausrüstung mit allem Pipapo.« Er sah den Jungen prüfend an. »Ihr habt über eure Träume, über eure Hobbys geredet. Du kannst mir doch nicht erzählen, dass du nicht weißt, was er für Fotos gemacht hat!«

»Keine Ahnung!«, rief Max.

»Keine Ahnung?«

»Nein!«

Keppler konnte es nicht fassen. »Kann ich mal an deinen Schrank?«

Einen Moment lang starrten sich die beiden an. Dann senkte Max den Blick und zuckte mit den Schultern.

»Okay«, sagte er leise.

***

Der Notizblock landete klatschend auf der Schreibtischplatte im Büro. Keppler nahm seinen Koffer und ging zur Tür. Feierabend.

Eva saß noch an ihrem Tisch. »Was hältst du von Max?«, erkundigte sie sich.

»Er weiß irgendwas über die Fotos, die wir immer noch nicht gefunden haben.« Keppler kratzte sich am Kopf. »Gott weiß, warum.« Er fühlte sich müde und abgespannt. Kein Wunder, er war seit vier Uhr heute früh auf den Beinen.

»Soll ich dich irgendwo hinbringen?«

Er winkte ab. »Ich komme schon klar.«

»Ja, das weiß ich ... Ich kann dich doch trotzdem fahren.«

»Ich kann auch schon alleine Straßenbahn fahren«, gab Keppler zurück und öffnete entschieden die Tür. Dass sie mich immer bemuttern muss, dachte er, dabei komme ich seit dem siebten Lebensjahr bestens allein zurecht. Wann begriff sie das endlich? Oder war da was anderes? Irritiert stockte er an der Tür und sah sie an. Wollte sie vielleicht die Nacht mit ihm verbringen? Absurd, dachte er, das hatten wir schon, und deshalb bin ich auch nicht hergekommen. Was vergangen ist, ist vergangen. Trotzdem wollte er noch was Nettes sagen.

»Ich habe dich noch gar nicht gefragt, wie es dir geht?«

»Prima«, versicherte Eva, »keine Klagen.«

Keppler hoffte innerlich, dass der Grund dafür nicht Striesow war. Der war nun wirklich nichts für Eva. Es geht ihr gut, mehr muss ich nicht wissen, dachte Keppler. Und trotzdem nagte diese Frage an ihm. Er fasste sich ein Herz:

»Bist du noch m-mit diesem ...«, stammelte er, doch dann verließ ihn der Mut. Eigentlich geht mich das ja gar nichts an, dachte er. »... äh ...«

»Nein, bin ich nicht«, stellte Eva klar und beobachtete ihn interessiert. »Und du?«

Tja. Was soll Mann darauf antworten, wenn er für Frau noch interessant bleiben will? Tote Hosen haben schlechte Karten. Keppler wackelte unentschlossen mit dem Kopf und rang sich schließlich ein kraftloses »Mal hier, mal da« ab.

»Klar.« Eva nickte verständnisvoll. »Mal hier, mal da.«

Keppler nickte bekräftigend und holte Luft. »Eigentlich eher«, er tippte sich gegen die Stirn, »hier als …«, er ging zur Tür, »… mal da.«

Eva sah ihm nach und musste lächeln.

***

Die Wolkendecke war aufgerissen und gab einen von der tief stehenden Sonne dramatisch angeleuchteten Himmel frei. Ein schöner Abend, an dem Keppler eigentlich zu Fuß gehen sollte. Aber er war zu müde und zu hungrig und die Pension in der Georg-Schumann-Straße von der Dienststelle nicht gerade das, was man »fußläufig entfernt« nennt. Und natürlich wäre es viel einfacher gewesen, wenn er auf Evas Angebot eingegangen wäre und sich hätte hinfahren lassen. Dann hätten sie vorher noch etwas essen gehen können, Eva kannte hier sicher ein paar nette Restaurants. Aber das wäre mit Erinnerungen verbunden gewesen, die unvermeidliche Debatte um das, was damals eigentlich war, warum was wie schiefgegangen ist und wer an was weshalb die Schuld trägt. Heute nicht, danke. Stattdessen aß er eine schnelle Currywurst und erfreute sich an dem Gedanken, dass dieser Dr. Striesow nicht mehr angesagt war, auch wenn er nicht wusste, ob und was er sich davon erhoffen sollte. Immerhin machte es ihm Spaß, wieder mit Eva zusammenzuarbeiten, auch wenn der Fall alles andere als spaßig war. Alles sah nach Selbstjustiz aus: Steinbrechers hysterischer Verein, ein aufgewiegelter Mob, der so lange die Todesstrafe forderte, bis es wirklich einen Toten gab. Hingerichtet, auf Verdacht hin gelyncht.

Keppler nahm eine Straßenbahn der Linie 3, fuhr bis Waldplatz, stieg dort in die 4 um und nach fünf Stationen an der Georg-Schumann-Straße wieder aus. Inzwischen war es dunkel geworden, überall gingen die Lichter an, durch die Straßen quoll der Abendverkehr.

Die Pension gab sich mit einem senkrecht an die Hausfassade montierten und etwas überdimensionierten blau-weißen Leuchtschriftzug zu erkennen, der rhythmisch vor sich hin blinkte.

Keppler fiel sofort Chris Isaak ein:

»Blue Hotel on a lonely highway,
Blue Hotel life don't work out my way.
I wait alone each lonely night ...«

Er trat durch die offene Tür und fand sich in einem engen, plüschigen Entree wieder. Verblichene Nostalgie wie im Puppenhaus: Haubenlämpchen und Blümchentapeten im Biedermeierstil, abgewetzte Samtläufer und vergilbte Gipsnachbildungen griechischer Apollon-Statuen. Neben der schmalen Treppe mit dem dunkel abgegriffenen und gedrechselten Geländer stand zwischen muffigen Sesseln ein rundes Kirschholztischchen mit einem Schachbrett.

Keppler stellte den Koffer ab und besah sich die Partie genauer. Läufer und Turm bedrohten die Dame, vermutlich war Weiß am Zug.

Die Treppe knarrte vernehmlich, und ein alter Mann kam ächzend die Treppe hinunter.

»Ich hab Sie eigentlich schon früher erwartet.«

»Ja«, nickte Keppler müde, »ich mich auch.« Er griff sich in den Nacken, sah den Alten an. »Da ist was dazwischengekommen.«

»Aha.« Der Alte legte ihm Formular und Kugelschreiber hin. »Und wie lange wollen Sie bleiben?«

»Wird sich zeigen.« Keppler füllte das Formular aus.

»Vertreter, was?«

Keppler sah auf, zögerte einen Moment. »Ja«, sagte er dann.

»Keene Nutten auf dem Zimmer«, der alte Mann hielt ihm den Schlüssel hin, »und Radio bloß bis zehne.«

»Danke.« Keppler nahm den Schlüssel und sah noch einmal aufs Schachspiel. »Schwarz gewinnt.«

»Hä?« Der Alte verstand nicht.

»Schwarz gewinnt«, wiederholte Keppler und stieg mit seinem Koffer die Treppe hoch. Auf halber Höhe drehte er sich noch mal um. »Haben Sie eine Flasche Wasser?«

»Mhm«, machte der Alte, bückte sich zu einem Kühlschrank und reichte ihm einen Liter Sachsenquelle.

»Nacht!« Keppler dankte und verschwand.

»Gute Nacht«, wünschte der Alte und betrachtete schulterzuckend das Schachspiel.

***

Da sind wir also wieder, dachte Eva, als sie sich ihre Jacke anzog, das alte Dreamteam der Wiesbadener Kripo. Gedankenverloren sah sie auf die zwei sich gegenüberstehenden Schreibtische.

Als hätte man die Zeit zurückgedreht. Alles wie damals, Kepplers beschriebene Notizzettel, die sie früher immer dann durchgeblättert hatte, wenn sie nicht mehr wusste, was er vorhatte. Mein Gott, wie hatte sie es gehasst, wenn er ewig schweigend vor sich hin grübelte, dann plötzlich aufsprang und das Büro verließ. Nie war klar, was ihn umtrieb, wo er ermittelte, welchen Spuren er folgte. Dieser sture Hund! Völlig unfähig, andere Menschen an sich teilhaben zu lassen. Selbst als sie mit Keppler verheiratet war, hatte sie immer das Gefühl gehabt, in seinem Leben außen vor zu bleiben. Aber die wenigen Momente, in denen er sich dann doch öffnete – die waren unvergleichlich. Tja, solche Typen gibt's nur einmal, Eva seufzte, man darf sich nur nicht in sie verlieben.

Sie setzte sich an seinen Schreibtisch, nahm einen der Notizzettel in die Hand. »Freytag«, stand drauf, »ideal. Max«.

Was konnte das bedeuten? Dass Max Hans Freytag idealisiert hatte? Wie ein Fan seinen Popstar? Wie es Pubertierende nun einmal tun? – Und was folgerte Keppler daraus? Eva seufzte erneut. »Täter = Opfer?«, stand noch auf dem Zettel und: »Missbrauchsakten anfordern«, dahinter drei Ausrufezeichen.

Eva legte den Zettel weg und überlegte. Herrgott, wenn Keppler sich mal mitteilen würde ... Opfer gleich Täter? Wen meinte er damit? Max? Oder diesen Steinbrecher? Glaubte er, der »Sachsenhof«-Wirt sei ein früheres Missbrauchsopfer und organisiere nun mit seinem Selbsthilfe-Todesstrafen-Verein einen ganz privaten Rachefeldzug? Wollte Keppler deshalb die Akten anfordern? – Na, die konnte sie ihm auch besorgen.

Sie wollte gerade zum Hörer greifen, als sie draußen eine Tür klappen hörte. Eva lächelte. Da fand noch einer keine Ruhe.

»Na«, fragte sie, »doch nicht Straßenbahn fahren?«

Sie sah auf, aber es war nicht Keppler, der in der Tür stand, sondern Johannes Striesow.

»Ach, du bist es.« Es klang enttäuschter, als sie wollte.

Striesow sah sie melancholisch an und blieb an der Tür stehen. »Wie lange wart ihr eigentlich verheiratet?«

»Drei Jahre«, antwortete Eva.

»Und wie lange ist das her?

Eva überlegte. »Zehn?« Sie sah ihn an. »Wieso?«

»Ziemlich unfreundlicher Knochen.« Striesow atmete geräuschvoll aus.

»Keppler ist nicht hier, um freundlich zu sein, sondern um seine Arbeit zu machen«, erklärte Eva. »Und die macht er gut.«

»Und du glaubst, ihr funktioniert zusammen? Jetzt, so ...«, er räusperte sich, »... als Team?«

Eva schluckte. Darauf war sie ja selbst gespannt. »Das wird sich zeigen«, sagte sie.

»Na, was ist?« Striesow wandte sich zur Tür. »Kommst du noch mit Sushi essen?«

Eva sah ihn lange an und überlegte. Dann schüttelte sie unmerklich den Kopf. »Heute nicht.«

Striesow nickte enttäuscht. »Gute Nacht«, sagte er.

»Schlaf schön«, erwiderte sie und sah ohne Bedauern zu, wie Striesow die Tür öffnete und den Raum verließ.

***

Keppler saß auf dem Bett und trank sein Sachsenwasser. Draußen blinkte die Leuchtreklame. Blau – weiß – blau ... Es hatte wieder zu regnen angefangen, und das Licht reflektierte sich in Hunderten kleiner Wasserperlen auf den Fensterscheiben.

Er wollte über den Fall nachdenken, konnte sich aber nicht konzentrieren. Immer wieder schob sich Eva in seinen Kopf, weit mehr, als ihm lieb war. Plötzlich fühlte er sich ihr sehr nahe, fast konnte er sie riechen, diesen Patschuliduft von Chopard. Merkwürdig. Liebte er sie noch?

Nein, er sollte das lassen, das brachte doch nichts. Unruhig stand er auf, trat ans Fenster, trank noch einen Schluck Wasser.

Die Leuchtreklame blinkte, blau und weiß – und ihr Licht fiel auf einen silbernen Kombi, wie Eva ihn fuhr. Es saß jemand drin, er konnte nicht erkennen, wer, aber der Motor lief, und die Scheibenwischer arbeiteten. – Eva?

Unsinn, dachte Keppler, das war Wunschdenken oder einfach Übermüdung. Er sollte sich schlafen legen. Er und Eva waren getrennt, sie arbeiteten jetzt wieder zusammen, na und? Da war nichts Privates mehr, und das war sicher gut so. Er schaltete das Licht aus, sah noch einmal aus dem Fenster.

Ich sollte aufhören, mich wie ein Siebzehnjähriger zu benehmen, sagte er sich und legte sich lang aufs Bett.

Er war hundemüde, konnte aber nicht schlafen. Die Lichtreklame blinkte blau und weiß.

Blue Hotel, dachte Keppler, *every room is lonely. Blue hotel – I was waiting only. The night and the life of her lonely dream …*

ZEHN

Als Keppler am nächsten Morgen aus der Pension kam, traute er seinen Augen nicht: Auf der anderen Straßenseite stand immer noch der silberne Kombi; Eva lehnte daran. Aber war das möglich?

Er ging über die Straße auf sie zu, starrte sie an, sagte aber nichts. Eva lächelte. Keppler ging an ihr vorbei und sah sich um, um zu prüfen, ob er sich nicht irrte und die Stelle von seinem Pensionsfenster aus überhaupt einzusehen war. Es stimmte alles. Der Wagen stand genau da, wo er auch gestern Abend schon gestanden hatte. Trotzdem: Es gab viele silberne Kombis in der Stadt. Es musste nicht Evas Auto gewesen sein, das er gestern vom Fenster aus gesehen hatte. Warum sollte sie auch da unten stehen?

Andererseits: Sah Eva heute nicht ziemlich müde aus?

»Was machst ‘n hier?«, fragte er sie.

»Menzel hat angerufen«, erklärte Eva. »Der Wollpulli von Steinbrecher passt genau zu den Textilfasern von der Leiche.« Sie öffnete geschäftig die Wagentür, und Keppler lief langsam um das Auto herum, zögerte aber, einzusteigen.

»Und?«, fragte er. Das bedeutete nur, dass Steinbrecher bei Freytag gewesen war.

»Seine Fingerabdrücke sind an der Spraydose«, wurde Eva deutlicher.

Aber auch das musste nichts bedeuten. Der Mörder hatte das Messer abgewischt, und es war nicht besonders wahrscheinlich, dass er es bei der Spraydose nur vergessen hatte. Im Gegenteil: Steinbrechers Abdrücke darauf konnten ihn auch entlasten.

»Ich dachte nur, du willst vielleicht bei der Verhaftung dabei sein.« Sie ließ nicht locker, und Keppler lächelte. Na ja, vielleicht ist sie ja doch die Nacht über hier gewesen. Hat gewartet, dass er sie bemerkt. Die Ergebnisse der KTU kann sie übers Handy bekommen haben. Vielleicht wollte sie die Nacht mit ihm verbringen, dann hat sie der Mut verlassen, und jetzt begründet sie ihr Dasein mit Steinbrechers Verhaftung. – Schade, dass er nie erfahren wird, was wirklich war. Vermutlich ist es so besser.

Er setzte sich auf den Beifahrersitz und sah sie nachdenklich an. Eva würdigte ihn keines Blickes. Sie startete den Wagen, gab Gas und fuhr mit überhöhter Geschwindigkeit die Georg-Schumann-Straße hinunter.

Steinbrecher lebte in einer großzügigen Beletage über seinem »Sachsenhof«. Viel Stuck und weitläufige Räume mit Parkett und Flügeltüren. Im Gegensatz zu seinem Lokal war die Einrichtung jedoch modern und funktional. Glatte Ledersofas im Wohnzimmer, dazu Regale aus Chromstahl und ein riesiger Flachbildfernseher mit Soundsystem der neusten Generation. Steinbrecher selbst lief noch im Morgenmantel herum, und seine Füße steckten in überdimensionierten Pittiplatsch-Pantoffeln, als ihn die Kommissare vorläufig festnahmen.

»Darf ich mir noch was anderes anziehen?«, fragte er perplex.

»Wir bitten darum«, erwiderte Keppler.

»Und packen Sie sich eine Zahnbürste ein«, setzte Eva hinzu. Offenbar glaubte sie wirklich, in Steinbrecher den Täter gefunden zu haben. Keppler würde es auch gern glauben, und oberflächlich betrachtet war die Indizienlage auch nicht schlecht. Trotzdem würde sie vor

Gericht nicht ausreichen. Es kam darauf an, ob und wie Steinbrecher seine Fingerabdrücke an der Spraydose erklären konnte und wie die Fasern seines Pullovers an Freytags Leiche kamen. Am besten wäre natürlich ein Geständnis. Aber Steinbrecher war nicht dumm. Den konnte man nur in die Enge treiben, wenn man ihm keine Chance ließ.

Nach fünf Minuten kam Steinbrecher umgezogen zurück. Er trug jetzt einen dunklen Anzug und ließ sich wortlos die Handschellen anlegen.

Vernehmungsraum A, modern, schallgedämpft, mit digitaler Abhöranlage und blickdichter Scheibe zum Nebenraum.

»Setzen Sie sich!« Keppler schob Steinbrecher einen Stuhl hin. »Möchten sie einen Kaffee?«

»Ich möchte vor allem wissen, warum ich hier bin«, knurrte Steinbrecher.

»Sie sind dringend verdächtig, Hans Freytag umgebracht zu haben«, antwortete Eva kühl.

»Damit machen Sie sich nur lächerlich«, erwiderte Steinbrecher und lehnte sich zurück. »Das kann nicht Ihr Ernst sein.«

»Witze machen wir keine.« Keppler setzte sich ihm gegenüber und stützte die Arme auf den Tisch. »Das Gespräch wird aufgezeichnet. Sie können die Aussage verweigern und haben das Recht auf anwaltlichen Beistand.«

»Den werde ich nicht brauchen.«

»Da wäre ich mir nicht so sicher, Herr Steinbrecher.« Eva schob ihm ein Telefon hin. »Vielleicht rufen Sie ihn doch besser an?«

»Ich sage doch, das ist nicht nötig.« Steinbrecher sah

auf seine Handschellen. »Ich habe den Freytag nicht umgebracht!«

»Fasern Ihres Pullovers fanden sich überall auf der Leiche.« Keppler lehnte sich zurück. »Wie erklären Sie sich das?«

»Keine Ahnung.« Steinbrecher schüttelte den Kopf. »Das Ding hat schon immer gefusselt.«

»Ja? Und?«

»Was, und?«

»Sie haben meine Frage nicht beantwortet. Wie kommen die Fussel auf Freytags Leiche?«

»Woher soll ich das wissen?«

»Es ist Ihr Pullover!«

»Da haben Sie recht.« Steinbrecher lächelte nervös. »Und was beweist das jetzt?«

»Dass Sie mit Freytag in Körperkontakt waren.« Eva setzte sich auf die Fensterbank. »Als Sie ihn getötet haben.«

»Falsch«, entgegnete Steinbrecher, »denn ich habe Freytag weder getötet, noch war ich mit ihm in Körperkontakt.«

»Also? Wie erklären Sie sich das dann?« Keppler rührte sich nicht.

»Gar nicht.« Steinbrecher hob hilflos die Schultern. »Erklären Sie's mir!«

Keppler seufzte. So kamen sie nicht weiter. Er holte die in einer Plastiktüte steckende Farbspraydose hervor und stellte sich vor sich auf den Tisch.

»Kennen Sie die?«

»Muss ich das?« Steinbrecher starrte auf die Dose.

»Sie sollten«, sagte Eva, »es sind Ihre Fingerabdrücke drauf.«

»Na und?«

Keppler atmete langsam durch. »Herr Steinbrecher, ich weiß nicht, ob Ihnen der Ernst Ihrer Lage bewusst ist.« Er beugte sich vor und betrachtete sich die Dose. »Aber mit dieser Dose wurde das Wort ›Todesstrafe‹ neben Freytags Leiche gesprayt. Und es sind, wie gesagt, Ihre Fingerabdrücke drauf.«

»Das beweist gar nichts!«, rief Steinbrecher aufgebracht. »Die Spraydose kann jeder angefasst haben!«

»Jeder könnte, aber jeder hat nicht.« Keppler nahm das KTU-Gutachten in die Hand. »Nur Sie und Hans Freytag. Und der ist jetzt tot.« Er hob die Stimme »Können Sie mir das erklären?«

»Muss ich gar nicht.« Steinbrechers Stimme vibrierte.

»Nee?« Keppler blieb unbewegt.

»Nee«, wiederholte Steinbrecher.

Es wäre zu einfach, dachte Keppler. Steinbrecher wäre der perfekte Täter, passte genau ins Bild. Aber er war es nicht. Jeder Mörder hätte die Dose abgewischt, genau wie er es mit dem Messer getan hat.

Vielleicht war Steinbrecher an diesem Morgen in Freytags Halle gewesen, vielleicht wollte er ihn wieder verprügeln – und hatte die Leiche gefunden. Und als Genugtuung hatte er dann »Todesstrafe« ans Boot gesprayt – stopp! Das passte auch nicht. Dann hätte Keppler die Dose in der Halle finden müssen und nicht beim Messer in der Mülltonne.

Verdammt noch mal, was stimmte hier nicht?

Keppler warf einen Blick zu Eva, die am Fenster lehnte und gleich zu explodieren schien.

»Herr Steinbrecher, Sie haben mich nicht richtig verstanden«, versuchte er es noch mal, aber Eva kam ihm dazwischen.

»Ich werde mir nicht die Blöße geben, Sie ein Arschloch zu nennen«, sagte sie und beugte sich drohend zu Steinbrecher vor. »Aber ich verspreche Ihnen, wenn Sie was damit zu tun haben, dann werde ich Sie dafür festnageln und bestrafen.«

»Hier wurde jemand hingerichtet«, fügte Keppler eindringlich hinzu. »Alle Indizien weisen darauf hin, dass Sie was damit zu tun hatten. So kommen Sie hier nicht raus, also geben Sie sich«, er wurde lauter, zumal Steinbrecher zunehmend unruhiger wurde, »ein bisschen mehr Mühe!«

»Ja, ja, ja, ja, ja!«, brüllte Steinbrecher entnervt. »Die Spraydose gehört mir.«

Na endlich, dachte Keppler und warf die KTU-Akte auf den Tisch, jetzt wird er weich.

Eva setzte sich neben ihn. Beide sahen Steinbrecher abwartend an.

»Ich weiß selber nicht, wie die bei Freytag gelandet ist«, sagte der hilflos.

Keppler und Eva wechselten einen irritierten Blick. Konnte es sein, dass Steinbrecher wirklich keine Ahnung hatte? Die Dose war nicht bei Freytag gewesen. Oder war sie es doch? Bevor der Täter sie in der Mülltonne entsorgt hatte? Irgendwas übersehen wir, ahnte Keppler, irgendein Detail.

»Jedenfalls …«, Steinbrecher nickte geständig, »ich habe die Sprüche an sein Lokal gesprayt. Also …«, er schluckte, »… jedenfalls die letzten beiden Male.«

Er sah die Kommissare treuherzig an: »Einer muss die Dinge doch in die Hand nehmen.«

»Mit einem Messer, zum Beispiel.«

»Ich hab ihn nicht getötet!«, rief Steinbrecher aufgebracht und betonte dabei jedes Wort.

»Sie hatten eine Einzelkämpferausbildung beim Bund«,

sagte Eva energisch, »Sie wussten also ganz genau, wie man gezielt mit einem Stich tötet!«

Steinbrecher atmete geräuschvoll aus, legte beteuernd die Hände auf die Brust und zuckte mit den Schultern. »Ich war es nicht.«

Keppler reichte es. Er schaltete das Tonband ab, stand auf und verließ wortlos den Raum. Erschrocken sah Steinbrecher Eva an.

»Was passiert jetzt?«

»Nichts«, antwortete Eva ruhig.

»Wie, nichts?« Steinbrecher war irritiert.

Eva stützte das Kinn auf die Hand. »Wir warten.«

***

Keppler rief sich ein Taxi und ließ sich damit zur Kriminaltechnik fahren.

»Haben Sie die graphologische Analyse der Sprayer?«

Menzel hatte. Er trug einen weißen Kittel und hantierte in seinem kleinen Labor konzentriert mit Vergleichsfolien, verschiedenen Gutachten und Farbanalysen. Mehrere vergrößerte Fotos der Schmierereien an Freytags Haustür und am Boot hingen an einer Pinnwand.

»Also«, er nahm zwei davon ab und zeigte sie Keppler, »die Schriften stammen von zwei verschiedenen Personen. Sehen Sie hier das ›ä‹?« Er zeigte Keppler die »Kinderschänder«-Schmiererei von Freytags Tür. »Die Striche unter den kleinen Buchstaben, wie bei Grundschülern.«

Keppler guckte fragend. Wollte der Spurensicherer damit sagen, dass das Grundschüler geschrieben hatten? Steinbrecher hatte doch gestanden, dass er das gewesen war?

»Ungeübter Schreiber«, präzisierte Menzel und legte das Foto vom »Todesstrafen«-Schriftzug am Bootsrumpf daneben. »Die Schrift am Tatort aber, das war auf jeden Fall ein geübter Schreiber.«

»Ja und?« Was hieß »geübter Schreiber«? Steinbrecher war also ungeübt, und der hier? Schrieb Schönschrift, oder was?

»Vielleicht jemand, der es gewohnt ist, Formulare auszufüllen«, antwortete Menzel und legte zwei Vergleichsfolien übereinander. »Beide Sprayer sind ungefähr gleich groß. Beide Rechtshänder.« Er sah Keppler bedauernd an. »Aber auf jeden Fall zwei unterschiedliche Personen.«

»Scheiße« fand Keppler das und verließ ohne weiteres Wort das Labor.

»Gern geschehen, Herr Keppler!«, rief Menzel ihm nach.

***

»Hören Sie, ähm …«

Steinbrecher wurde das Warten zu lang, er sah Eva betreten an. »Ich bin gestern noch mal bei Freytag gewesen«, gab er zu.

Eva verzog keine Miene.

»Also, ich wollte ihm klarmachen, dass er in unserer Gegend unerwünscht ist«, Steinbrecher seufzte reuevoll, »und ich bin da ein bisschen grob geworden.«

Was heißt »grob« dachte Eva, umgebracht hast du ihn. Unauffällig sah sie auf die Wanduhr. Mist, wo blieb Keppler nur? Der konnte doch nicht einfach abhauen. Seit einer Stunde war er jetzt schon fort.

»Ich habe ihm ein paar reingehauen«, gestand Steinbrecher, »aber mehr war nicht.« Er lächelte treuherzig. »Ehrlich!«

Er zuckte zusammen, als die Tür aufging.

Keppler kam mit finsterer Miene auf ihn zu und schloss ihm die Handschellen auf.

Fragend guckte Steinbrecher zu Eva, die aber wich seinem Blick aus.

»Sie können gehen«, sagte Keppler tonlos und öffnete die Tür.

»Moment mal …« Verblüfft starrte Steinbrecher ihn an. »War's das schon?«

»Sie haben doch selbst gesagt, die Polizei lässt immer die Falschen gehen«, erwiderte Eva spitz.

Steinbrecher guckte fragend und erhob sich verdutzt. Dann ging er zur Tür, bedachte Keppler, wieder selbstsicherer werdend, mit einem höhnischen Blick und verließ federnden Schrittes den Raum.

»So geht das nicht, Keppler.« Eva sprang auf und schloss die Tür. Sie kochte innerlich. »Du kannst mich nicht einfach so hängen lassen, mitten in einer Vernehmung.«

»Ich war bei Menzel«, rechtfertigte sich Keppler, »wegen des graphologischen Gutachtens. Steinbrecher hat das Boot nicht beschmiert!«

»Mensch, dann sag doch einen Ton!« Sie schüttelte vorwurfsvoll den Kopf. »Ich sitz da wie bestellt und nicht abgeholt! Mann, Mann, Mann!« Seufzend ließ sie sich auf einen Stuhl fallen. »Und Menzel ist sich ganz sicher?«

»Die Schriften draußen stammen nicht von der Person, die ›Todesstrafe‹ aufs Boot gemalt hat, sagt Menzel. Es gibt auch keinen Grund, daran zu zweifeln.« Keppler setzte sich neben sie. »Er ist ein guter Mann.«

»Das musst du ihm mal sagen.«

Keppler sah sie fragend an. »Warum?« Ihn beschäftigte eine ganz andere Frage: »Wenn Steinbrecher es nicht war, wieso fanden sich dann überall die Fasern seines Pullovers in der Halle?«

»Er hat Freytag verprügelt«, antwortete Eva. »Kurz vor dem Mord. Wie Striesow gesagt hatte. Das Opfer wurde ein paar Stunden zuvor noch mal regelrecht verdroschen.«

»Handschuhe!« Plötzlich fiel es Keppler wie Schuppen von den Augen. »Der Täter trug natürlich Handschuhe. Deshalb sind keine Fingerabdrücke von ihm auf der Spraydose!«

»Mhm«, nickte Eva, »klar, das hab ich mir auch schon überlegt. Aber wie kommen Freytags Abdrücke da drauf? Es war doch Steinbrechers Dose.«

»Er wird sie mal in der Hand gehabt haben«, murmelte Keppler. »Vielleicht wollte er sie dem Täter aus der Hand reißen, bevor …« Er schüttelte nachdenklich den Kopf. »Aber wieso kommt der Täter überhaupt mit einer Dose, die Steinbrecher gehört?«

»Ganz einfach.« Eva strahlte. »Um ihn verdächtig zu machen! Deshalb schmeißt er Tatwaffe und Dose auch lässig in eine Mülltonne.«

»Wo sogar Trottel wie ich sie finden können«, nickte Keppler. Wie naiv, wer da an Zufall denkt.

Keppler und Eva gingen alle Unterlagen noch einmal durch. Sie standen praktisch wieder am Anfang. Irgendwer hatte Freytag ermordet und den Verdacht anschließend auf Steinbrecher lenken wollen. Also musste der Täter in dessen Umfeld zu suchen sein.

»Hier!« Keppler tippte auf ein Papier. »Auf der Unterschriftenliste von Steinbrechers lustigem Verein tauchen unter anderem die Namen Sybille Freytag, Elke Lornsen und von dem Bäcker, diesem Kühne, auf.«

Eva blätterte in der Ermittlungsakte. »Hältst du Selbstjustiz für ein ausreichendes Mordmotiv?«

Gute Frage, dachte Keppler und zuckte mit den Schultern. »Weiß nicht.«

»War bei dem Freytag eigentlich irgendwas zu holen?«

»Er war Segler.« Keppler nahm einen Stapel Fotos vom Schreibtisch, die er in Freytags Wohnung gefunden hatte, und zeigte sie Eva. Bilder von der großen, weiten Welt. Kanarische Inseln, die Bahamas, Trinidad. »Hat lange professionell als Skipper gearbeitet. Yachten überführt, Törns in die Karibik und so weiter.« Er ging wieder zu seinem Schreibtisch zurück. »Bis vor Kurzem hatte er sogar ein eigenes Boot.«

»Was heißt ›bis vor Kurzem‹?«

»Er hat's verkauft.« Keppler reichte Eva ein Schriftstück. »Hier ist der Kaufvertrag. Siebzigtausend Euro.«

»Kein schlechtes Sümmchen«, fand Eva.

»Aber das Geld taucht nirgendwo auf.« Keppler lief nachdenklich im Raum auf und ab. Er hatte alle Konten von Freytag überprüfen lassen. Nirgendwo ein größerer Eingang.

»Du meinst, doch Raubmord?«, fragte Eva.

Keppler kratzte sich nachdenklich am Hals. Auf seinem Schreibtisch lag ein Foto von Sybille. Auch das war von Freytag aufgenommen worden, und es zeigte seine junge Ehefrau lächelnd. Hübsch, dachte Keppler, so sehen sie alle aus, wenn die Liebe noch frisch ist. Aber dann …

»Mal angenommen«, überlegte er laut, »sie hat den Missbrauch nur erfunden …«

»Es gibt ein kinderpsychologisches Gutachten, das den Missbrauchsverdacht erhärtet«, stellte Eva klar.

Keppler winkte ab. »Na, so was kennst du doch. Solche Vorwürfe werden nur erhoben, um dann das Sorgerecht zu kriegen.«

»Aber nicht alle geschiedenen Ehefrauen sind potenzielle Denunziantinnen oder Rufmörderinnen.«

»Das habe ich doch gar nicht gesagt!« Keppler fuhr herum.

»Du weißt doch selber, wie oft solche Taten vertuscht werden.«

Ja, ja, die Debatte hatten wir schon, dachte Keppler. Damals hatte Eva irgend so eine feministische Kampfschrift gelesen, die Männer pauschal als triebgesteuerte Monstren beschrieb, die schon wegen ihres genetischen Materials auch vor Kindern nicht zurückschrecken können. »Väter als Täter« – großartig, schon dieser Titel hatte Keppler aufgeregt. Aber Eva hatte das ernst genommen, es gab ja schließlich genug Fallbeispiele in dem Buch. Es gibt allerdings auch genug Fallbeispiele von tötenden Müttern; wenn man will, kann man also auch Frauen als kindermordende Hexen verunglimpfen – und niemand ist der Wahrheit auch nur ein Stück näher gerückt.

»Auf der anderen Seite …«, überlegte Eva, »warum hat er sie dann nicht wegen Verleumdung verklagt?«

Ganz einfach, dachte Keppler. »Vielleicht hat er sie noch geliebt.«

Eva sah ihn nachdenklich an. Und Sybille Freytag, wen liebte die? Außer ihrer Tochter? Immerhin hatte sie ihren Mann angezeigt und regelrecht aus ihrem Leben verbannt. Dafür gibt es für eine Frau aber nur zwei Gründe: Entweder mit dem Mann war tatsächlich etwas vorgefallen, was nicht wiedergutzumachen ist, oder aber die Frau glaubt, einen geeigneteren Vater für ihr Kind gefunden zu haben, einen, der ihm die Zukunft sichert, ein unbeschwertes Leben.

Wer aber konnte das im Fall Sybille Freytag sein?

ELF

Der Frisiersalon »Chez Sybille« machte von dreizehn bis fünfzehn Uhr Mittagspause. Da niemand im Laden war, schloss Sybille Freytag ab und ging die Könneritz- Richtung Brockhausstraße hinunter.

Eva und Keppler stiegen gleichzeitig aus dem Wagen.

»Warte mal!« Keppler hielt Eva zurück. Sie verharrten einen Moment, um Sybille Freytag dann in gemessenem Abstand zu folgen. Wohin mochte sie wollen?

Zunächst ging es auf die Anton-Bruckner-Allee und von da aus durch den Clara-Zetkin-Park, am Heine-Denkmal vorbei über die Elster-Brücke und zwischen großzügigen Villen und Bürgerhäusern die Käthe-Kollwitz-Straße entlang. Keppler erkannte die Gegend wieder. Hier an der rot geklinkerten Meyer-Villa waren sie auch vorbeigefahren, als sie zur Pathologie wollten und Eva ihm im Stakkato die Stadt erklärt hatte. Es war schön, dass sie heute mal zu Fuß gehen konnten. Offenbar hatte Sybille Freytag Zeit, denn sie blieb ab und zu stehen, um mit dem Handy zu telefonieren und sich ein paar Auslagen anzuschauen. Manchmal drehte sie sich auch um, als spüre sie ihre Verfolger. Dann drückten sich Keppler und Eva schnell hinter einen Baum oder in einen Hauseingang, hofften, dass sie unbemerkt geblieben waren, und warteten, bis sie weiterlief. Es ging eindeutig Richtung Innenstadt; Sybille Freytag querte die große Kreuzung am »Runden Eck«, der berüchtigten ehemaligen Leipziger Stasihauptverwaltung, und hielt sich dann rechts. Das »Runde Eck«, das während der friedlichen Revolution auch »Krummes Eck« genannt und im Dezember 1989 von den Leipziger Bürgern besetzt wurde, beherbergt heute ein Museum, das an die damalige Zeit erinnert, und noch immer ist hier der Sitz des damals gegründeten Bürgerkomitees für Freiheit und Demokratie.

Sybille Freytag ging über die Große Fleischergasse in der Innenstadt und dann ins Barfußgässchen mit seinen vielen hübschen Straßencafés und Restaurants. Aus einem davon, es war der »Arabische Coffe Baum« hinter dem Springbrunnen, trat plötzlich Junioranwalt Klaus-Peter Ahrend. Sybille Freytag lief auf ihn zu, die zwei umarmten und küssten sich innig.

»Und?« Eva triumphierte. »War das klar oder war das klar?« Sie zog ihr Handy hervor und wählte eine Nummer. »Ich telefoniere mal kurz.«

Klar, dachte Keppler und ließ Sybille Freytag und ihren Liebhaber nicht aus den Augen. Na, das gab dem Fall nach der Pleite mit Steinbrecher doch einen völlig neuen Aspekt.

»Frau Dr. Brückner?« Eva telefonierte mit der leitenden Staatsanwältin. »Ja, Eva Saalfeld hier. Frau Brückner, ich brauche eine Vollmacht für eine Kreditauskunft im Mordfall Freytag … – Geht auch per Fax. Danke!« Sie kam wieder heran und wollte ihr Handy gerade wegstecken, als es plötzlich klingelte.

»Rein?«, fragte Keppler, als Sybille Freytag und Ahrend im »Coffe Baum« verschwanden.

»Nein«, antwortete Eva und hielt sich das Mobiltelefon erneut ans Ohr. »Lukas? – Oh Scheiße, ich hab dich vergessen, tut mir leid … Pass auf, bleib, wo du bist, ich bin in zehn Minuten bei dir. Alles klar? Bis gleich.« Sie zog Keppler am Arm. »Na komm!«

»Was ist denn?«

»Ich hab meiner Mutter versprochen, meinen Neffen vom Hort abzuholen. Wir sind spät dran.«

Keppler starrte sie entsetzt an. »Sag mal, das ist doch nicht dein Ernst! Wir sind hier mitten in einer Ermittlung!«

»Sei doch nicht so bürokratisch«, gab Eva zurück, »die laufen uns schon nicht weg. Außerdem wissen wir doch jetzt, was wir wissen wollten.«

Na hoffentlich, dachte Keppler und folgte Eva missmutig.

Jetzt rannten sie durch die Stadt, drei Kilometer zum Auto zurück, nur um irgendeinen Neffen ... Er konnte es nicht fassen: Frauen und ihre seltsamen Prioritäten!

Mit dem Wagen, der noch in der Könneritzstraße stand, ging es mit Vollgas und unter Missachtung sämtlicher Verkehrsregeln in die Leipziger Südvorstadt zu einer Schule in der Scharnhorststraße.

Ein paar Jungs trainierten auf dem Bolzplatz, um dereinst einmal den 1. FC Lokomotive Leipzig aus den Niederungen der Fünften Liga zu kicken; etwas abseits hockte ein etwa achtjähriger Junge einsam auf einer Balustrade und wartete.

Als er den Wagen mit Eva und Keppler kommen sah, stand er auf und lief ihnen entgegen.

»Halbe Stunde zu spät, Tante Eva.«

»Ich weiß. Tut mir leid, mein Schatz.« Eva umarmte den Jungen. »Alles gut?«

»Wieso? Du wirst immer besser. Letztes Mal war es eine Stunde.«

»Siehst du«, erwiderte Eva stolz und öffnete Lukas die Autotür.

Keppler war missgelaunt aus dem Wagen gestiegen und hatte die Sonnenbrille auf der Nase.

»Wer bist du denn?«, fragte Lukas neugierig, doch Keppler ignorierte den Jungen und sah stattdessen ungeduldig auf seine Armbanduhr.

»Nenn ihn Keppler«, sagte Eva, »alle nennen ihn Keppler. Schnall dich schon an.« Sie sah Keppler aufmunternd an. »Die laufen uns nicht weg.«

Nee, dachte Keppler, ist ja auch nicht nötig, wenn wir hier weiter Familie spielen. Genervt setzte er sich wieder ins Auto.

»Nenn mich Lukas!« Der Junge klopfte ihm cool auf die Schultern. »Alle nennen mich Lukas.«

»Nun komm, schnall dich an, ja?« Eva startete den Wagen.

»Mhm«, machte Keppler und schnallte sich an, als hätte sie ihn gemeint.

Eva gab Gas, fuhr ein Stück und machte plötzlich eine Vollbremsung.

»Ey«, schimpfte Lukas, »Tante Eva!«

Eva drehte sich zu ihm um. »Zeig mal deine Tasche!«

Zögernd reichte Lukas sie ihr.

Eva sah sich das Logo an. Ein aufgenähtes Plastikschildchen mit der Aufschrift »Baketa@Stylebag.de«, ganz ähnlich dem Pifama-@-Schildchen vom Tatort.

»Was ist das hier?«

»Eine E-Mail-Adresse, was sonst?«, erwiderte Lukas. »Die kriegst du mit der Tasche.«

»Und wo hast du die her?«

»Alle haben so Taschen«, antwortete Lukas, »die gab's beim letzten Sportfest als Werbegeschenk.«

Keppler und Eva sahen sich an. Dann stammte das Pifama-Logo von so einer Tasche: »Pifama@Stylebag.de«.

Aber jetzt hatten sie erst mal dieses Kind an der Backe, und Eva fuhr raus aus der Stadt, südwärts Richtung Markkleeberg und dann auf die Autobahn, A 38 – Keppler atmete tief durch.

»Immerhin sind wir ja durch Lukas ein großes Stück weitergekommen«, versuchte Eva ihn zu beruhigen. »Das ist doch ein großer Fortschritt!«

Keppler bezweifelte das. Wenn diese Tasche an allen Grundschulen verteilt worden war, hieß das erstens, dass es davon sehr viele gab, und zweitens, dass der Mörder Grundschüler gewesen sein muss ... Und hatte nicht Menzel auch von einer »Schrift wie ein Grundschüler« gesprochen? Allerdings war es nicht nur angesichts der brutalen Art und Weise, wie Freytag getötet worden war, eine absurde Vorstellung. Andererseits hatten Grundschüler ältere Geschwister und Eltern ... Es war eben wie immer, neue Spuren verwirrten zunächst. Ein Teil mehr im großen Puzzle – und statt sich ans Lösen des Rätsels zu machen, fuhren sie hier gemütlich über die Autobahn Richtung Dresden.

Am ersten Abzweig hinter dem Dreieck Parthenaue fuhr Eva von der Autobahn ab, und Keppler erinnerte sich, dass ihre Mutter Inge schon vor einigen Jahren hier raus nach Naunhof gezogen war, »um Oma zu pflegen«. Nun war Oma tot und Inge hier wohnen geblieben. Weg von der Hektik der Stadt, in einem schönen Umfeld mit viel Wald und zwei gefluteten Kiesgruben in der Nähe, dem Moritz- und dem Grillensee. Nachdem Evas Bruder quasi über Nacht von seiner Frau verlassen worden war und plötzlich mit dem kleinen Lukas allein dasaß, musste immer öfter Inge einspringen. Evas Bruder war beruflich viel unterwegs, ein Ingenieur, der auf den Großbaustellen dieser Welt zu Hause war. Keppler hatte ihn nur einmal zu Weihnachten getroffen, ein etwas zu quirliger Typ und Eva sehr ähnlich. Wie hieß er nur? Keine Ahnung. Keppler hatte es vergessen.

Eva stoppte den Wagen vor einem der typischen alten Holzarbeiterhäuschen, einem lang gestreckten, liebevoll gepflegten Fachwerkhaus mit großem, idyllischem und, wie Eva behauptete, »verwunschenem« Obstgarten. Es gab sogar Rebstöcke hier. Aus den Trauben machte Inge einen ganz passablen Weißwein. – Keppler lächelte: Schon in Wiesbaden hatten sie mit der »Sachsenrebe« rauschende Feste gefeiert.

Eva klingelte dreimal, denn die Entdeckung auf Lukas' Rucksack hatte auch sie in Ungeduld versetzt.

»Na endlich!« Inge öffnete die Tür. »Was war denn los?«

»Tut mir leid, Mama«, erklärte Eva, »aber wir müssen gleich wieder los.«

»Typisch.« Inge sah rüber zum Auto. »Aber Zeit für eine Tasse Kaffee wirst doch noch haben?«

Eva schüttelte den Kopf und lief zum Wagen zurück. »Ein andermal vielleicht, okay?«

»Ich habe einen Mord aufgeklärt«, berichtete Lukas stolz.

»Na Donnerwetter.« Inge nahm den Jungen in den Arm und lächelte Keppler an, der auch aus dem Wagen gestiegen war.

»Das ist Keppler«, erklärte Lukas.

Inge nickte. »Den kenne ich.« Sie erhob sich wieder und kam langsam heran. »Hallo, Andreas.«

Keppler lächelte schwach. »Tag, Inge.« Seltsam. Vor Inge fühlte er sich immer wie ein kleiner Junge. Nervös nahm er die Sonnenbrille ab.

Sie wartete. Offenbar auf eine Umarmung, etwas, das

Herzlichkeit ausdrückte. Aber Keppler konnte nicht. Er war noch nie ein Mensch gewesen, der gerne Leute umarmte. Jetzt tat ihm das leid, denn er hatte Inge immer sehr gern gemocht.

»Das ist alles?«, fragte sie enttäuscht. »Nach zehn Jahren?«

Tja ... Was soll man noch sagen? Keppler blickte sich kurz zu Eva um, doch die wartete ungeduldig am Auto. Ein Mann zwischen zwei Frauen. Unschlüssig stand er da. Er würde gern etwas Nettes machen, aber was? In den drei Jahren, in denen er mit Eva verheiratet gewesen war, hatte Inge sie häufig in Wiesbaden besucht und jedes Mal sofort die Küche in Besitz genommen. Da war dann von morgens bis abends gekocht, gebacken und gebrutzelt worden, »damit die Kinder mal was Anständiges essen«. Zum ersten Mal in seinem Leben hatte Keppler eine Ahnung davon bekommen, wie es war, eine richtige Mutter zu haben. Obwohl er natürlich keine brauchte und Inge nur die »Schwiegermutter« war.

»Du siehst toll aus, Inge«, sagte er schließlich.

»Keppler«, rief Eva von hinten und stieg in den Wagen, »komm! Wir müssen.«

Aber Keppler rührte sich nicht.

»Du hast dich nicht verändert«, stellte Inge fest.

Gott sei Dank nicht, dachte Keppler, es verändert sich so vieles im Leben.

»Ich muss dann.« Er nickte ihr bedauernd zu; Eva startete bereits den Wagen.

»Man sieht sich, hm?« Inge lächelte.

Klar, dachte Keppler, bin ja jetzt ganz in der Nähe. Er lief zum Wagen zurück, schlug kurz auf die Motorhaube, da Eva im Begriff war, rückwärts aus der Einfahrt zu fahren, und stieg ein.

Inge hob die Hand zum Abschied und nickte beiden zu.

»Wer ist das eigentlich?«, wollte Lukas wissen.

»Das«, Inge sah ihn geheimnisvoll an, »erzähle ich dir drinnen.« Sie wartete noch, bis der Wagen verschwunden war, dann folgte sie dem Jungen ins Haus.

ZWÖLF

Im Büro waren endlich die Computer angeschlossen worden. Eva lud den LKA-Server hoch.

»Pifama ist ein Nickname«, erklärte sie, »ein Phantasiename zum Chatten im Internet.«

»Wozu?« Keppler kam mit einer Tasse Kaffee heran.

»Zum Flirten!« Eva rief die Stylebag-Community auf und gab den Namen »Pifama« ein. »Du siehst den Namen an der Tasche des Mädchens, bist aber zu schüchtern. Im Chatrom kannst du sie dann anonym ansprechen und ungehemmt losflirten.«

Keppler hockte sich neben sie und sah gespannt auf den Monitor. Schade, dass wir früher so was nicht hatten, dachte er. Mann, all die schönen Mädels, die uns so durch die Lappen gegangen sind … Er erinnerte sich an die winzig zusammengefalteten Zettelchen, die damals immer durch die Klassen geflogen waren. Auch er hatte mal versucht, die hübsche Tanja so zu einem Treffen zu bewegen. Tanja … Gott, was für ein steiler Feger, alle Jungs waren verrückt nach ihr gewesen. Aber ausgerechnet Kepplers Versuch war von der Lehrerin, einem gewissen Fräulein Aust, abgefangen worden. Höhnisch hatte sie sein Zettelchen aufgefaltet und es der ganzen Klasse vorgelesen. Es war ein Desaster gewesen, unsagbar peinlich. Keppler wäre am liebsten in Staub zerfallen. Aber er hatte sich gerächt. Zwei Tage später hatte er erneut Zettelchen gefaltet, alle mit demselben Text, und sie so auffällig durch die Klasse geworfen, dass Fräulein Aust eines davon abfangen musste. Und wieder hatte sie sich vor den Schülern aufgebaut, triumphierend den Zettel aufgefaltet und laut vorgelesen: »Wer hat den Schuh«, ihr Blick wanderte höchst erstaunt nach oben, »an die Decke genagelt?« Natürlich war da *kein* Schuh, die Klasse brüllte vor Lachen, und Fräulein Aust rannte mit knallrotem Gesicht aus dem Raum. Keppler hat das Fräulein nie wiedergesehen. Heute nennt man so was Burn-out-Syndrom.

»Hier: Pifama. Treffer!« Eva tippte auf der Tastatur herum. »Pi-fa-ma – ist laut eigenen Angaben sechzehn Jahre alt, männlich, wohnt in Leipzig. Kein Foto, keine Adresse.«

»Lass mich mal.« Keppler beugte sich vor, und Eva machte ihm Platz.

»Du willst chatten?« Eva schüttelte den Kopf. »Dafür muss man erst ein Profil anmelden.«

»Ja.« Keppler tippte drauflos. »Und zwar als Tanja, fünfzehn Jahre alt, und sie findet Pifama unheimlich süß.« Er sah auf den Monitor. »Liebesbriefe schreiben muss man können. Davon haben die heute überhaupt keine Ahnung mehr.«

Eva nickte spöttisch. »Aber du.«

»Natürlich.« Keppler tippte weiter, und Eva verdrehte die Augen.

»Warte mal«, überlegte sie grinsend und rezitierte dann, *»taumelnd vor Sehnsucht folge ich dem Duft deines Leibes …«*

Keppler stutzte. »Das habe ich nicht geschrieben.«

»Das hast du«, widersprach Eva.

»Kann ich mir nicht vorstellen.« Keppler schüttelte den Kopf.

Eva lachte. »Also mir hat es gefallen.«

Eine uniformierte Polizistin kam herein und reichte Eva einen DIN-A4-Bogen. Eva dankte und sah sich das Blatt an. »Ah, die Kontoauskunft von Sybille Freytag.«

»Okay.« Keppler schickte seine Nachricht ab und sah auf den Monitor. »Jetzt müssen wir nur warten, bis Pifama sich meldet.

»Zehntausend Euro minus«, stellte Eva fest, »die letzten drei Raten von ihrem Kredit konnte sie schon nicht mehr zahlen. Und die letzten zweimal ist eingesprungen ...«, sie lächelte verblüfft, »nee ... – Klaus Ahrend!« Sie gab das Blatt an Keppler weiter. »Ich glaube, da müssen wir hin.«

»Fahr du«, sagte Keppler.

Eva sah ihn verwundert an. »Und was machst du?«

Keppler zögerte einen Moment. »Nachdenken«, antwortete er schließlich.

»Na klar.« Eva nickte und erhob sich seufzend. »Das muss ja auch einer machen.« Sie klopfte auf den Tisch. »Bis später dann«, und ging.

Keppler rutschte langsam auf ihren Stuhl. Zehntausend Miese, dachte er, sind kein Pappenstiel. Aber reichten sie für einen Mord?

***

Noch vom Wagen aus rief Eva Sybille Freytag an.

Es meldete sich nur der Anrufbeantworter mit einer Kinderstimme: »Hier ist der Anschluss von Carla und Sybille. Wir sind leider nicht da. Nachrichten nach dem Piep.«

»Ja, Saalfeld hier.« Draußen war es bereits dunkel geworden. Eva stoppte den Wagen vor dem »Chez Sybille« und stieg aus. »Frau Freytag, ich stehe gerade vor Ihrer Tür. Ich wollte Sie eigentlich sprechen. Rufen Sie mich bitte zurück.« Sie ließ das Handy sinken, sah am Haus hoch, seufzte. Trotzdem drückte sie noch zweimal den

Knopf an der Klingeltafel aus poliertem Messing. – Keine Reaktion.

Sie zog erneut ihr Handy hervor und wählte eine andere Nummer. »Ja, Klaus?« Diesmal hatte sie Erfolg. »Hier ist Eva. Eva Saalfeld«, sie lächelte breit, »stör ich?«

Wenig später traf sie im »Sachsenhof« ein. Es war sein Vorschlag gewesen. Er wohne in der Nähe und überhaupt …

»Verstehe«, hatte Eva geantwortet. Nun war sie gespannt auf dieses »Überhaupt« und sah sich neugierig um. Es waren nur wenige Gäste da, wahrscheinlich alles Stammkundschaft, aus den Boxen sang Marianne Rosenberg, und Ahrend stand am Tresen neben der Mutter von Max Lornsen und schien sich mit ihr zu unterhalten. Eva hätte gern gewusst, worüber, doch der Anwalt hatte sie schon bemerkt.

Er ließ Elke Lornsen stehen und kam mit einem freudig gerufenen »Eva, hallo!« heran.

»Ich wollte dich aber jetzt nicht von deiner Familie losreißen.« Eva erwiderte seinen Händedruck und folgte ihm zu einem Tisch in der Nähe des Tresens.

»Kein Problem«, erwiderte Ahrend, »die Kinder sind längst im Bett, und ich bin froh, wenn ich zwischendurch mal rauskann.« Er strahlte sie an. »Ein Bier?«

»Ein Rotwein.«

Ahrend nickte, lief eifrig zurück zum Tresen, hinter dem Steinbrecher bräsig Gläser spülte, und bestellte einen Rioja.

Zu Frau Lornsen hatte sich inzwischen ihr Mann gesellt, Lutz Lornsen, der Postbote. Er hatte das postgelbe Polohemd gegen ein ziviles blaues getauscht und war vermutlich von der Toilette gekommen, denn er trocknete sich noch die Hände ab. Zudem starrte er Eva entgeistert an. Was will die denn hier?, schien sein Blick zu fragen.

Ahrend setzte sich. »Na?«, erkundigte er sich grinsend.

»Hätte ich nicht gedacht, dass du hier hingehst.« Eva deutete mit dem Kopf zu Steinbrecher.

Ahrend lachte. »Kurt war mein Ausbilder beim Bund, gleich nach der Wende.«

Eva hob bewundernd die Augenbrauen. »Zwei alte Haudegen.«

»Drei«, meldete sich Lornsen vom Tresen zu Wort, und es klang nicht unbedingt freundlich.

»Guten Abend!« Eva nickte den Lornsens zu, während Steinbrecher mit grimmiger Miene ein Bier für Ahrend und den Rotwein brachte. »Ich habe Ihre Namen auf der Unterschriftenliste ›Todesstrafe für Kinderschänder‹ gesehen – ist das richtig?«

Schlagartig verstummten die Gespräche im Raum, und Steinbrecher schaltete die Musikanlage ab. Eine bedrohliche Stille entstand. Alle lauerten. Eva ließ sich nichts anmerken und prostete Elke Lornsen herausfordernd zu.

Die straffte sich und ging langsam auf ihren Tisch zu. Das »Elke, nicht«, das ihr Mann ihr hinterher rief, ignorierte sie.

»Ja.« Elke Lornsen sah Eva mit großen ängstlichen Augen an. »Macht mich das tatverdächtig?«

»Nicht direkt«, erwiderte Eva. »Wo waren Sie denn während der Tatzeit?«

»Elke!«, mahnte Herr Lornsen vom Tresen her, doch seine Frau hörte nicht auf ihn.

»Ich hab meinen Mann zum Dienst gefahren«, antwortete sie tapfer, »und danach bin ich selbst zur Arbeit. – Putzen im Listhaus«, setzte sie bitter hinzu, trat noch einen Schritt weiter vor und stemmte die Hände auf einem der freien Stühle am Tisch von Eva und Ahrend auf. »Wieso?«

»Elke, bitte.« Jetzt hielt es Lornsen nicht länger am Tresen, und er kam ebenfalls heran.

»Wie war Ihr Verhältnis zu Hans Freytag?«, erkundigte sich Eva, ohne auf Lutz Lornsen einzugehen.

»Elke!« Lornsen versuchte, seine Frau vom Tisch wegzuziehen, doch die machte sich mit einer energischen Bewegung los.

»Haben Sie Kinder?«, fragte sie Eva.

»Elke, hör auf.«

»Spielt das hier eine Rolle?«, gab Eva zurück.

»Dann können Sie das nicht verstehen«, sagte Frau Lornsen, »diese Angst …«

»Elke!«, rief Lornsen, aber seine Frau sprach einfach weiter, und ihre Stimme bekam einen seltsam eindringlichen Ton.

»… dass jeden Tag etwas Furchtbares passieren könnte …«

Ahrend guckte betreten.

»… vor Ihren Augen. Vor aller Augen«, setzte Elke Lornsen mit dramatischem Tremolo hinzu. »Etwas, das Sie womöglich hätten verhindern können.«

Na, die hat echt einen Knall, dachte Eva, denn so klein und hilflos ist ihr Max ja nun auch nicht mehr.

»Und?«, fragte sie ruhig. »Haben Sie was verhindert?«

»Lasst euch nicht provozieren«, meldete sich Steinbrecher vom Tresen her und bedachte Eva mit einem verächtlichen Blick, »ihr habt nichts verbrochen.«

Auch Lornsen reichte es jetzt. Er packte seine Frau

mit einem beherzten Griff und zog sie vom Tisch weg. Am Tresen kippte sie schnell einen Schnaps, während sich ihr Mann wütend die Jacke überwarf. Dann verließen die beiden das Lokal.

»Schönen Abend noch!«, rief Eva ihnen nach. Aus den Augenwinkeln beobachtete sie, dass von den Nebentischen ein paar verärgerte Männer aufgestanden waren und drohend näher kamen.

Eva tastete unauffällig nach ihrer Waffe. Erst als Steinbrecher eine beschwichtigende Geste machte, setzten sich die Männer wieder und wandten sich grummelnd ihren Bieren zu.

»Eva!« Ahrend machte eine aufgeräumte Geste und hob sein Glas. »Jetzt sag, wie kann ich dir helfen? Du bist ja offensichtlich dienstlich hier.«

»Eigentlich dachte ich nur, dass ich Sybille Freytag bei dir treffe.«

Ahrend vergaß, das Glas abzusetzen, und verschluckte sich fast.

»Ich hab euch heute Mittag gesehen«, setzte Eva ruhig hinzu und trank von ihrem Rotwein.

Ahrend ließ sein Glas langsam sinken und fuhr sich mit der Zunge über die Lippen. »Das mit Sybille, das ...«, sagte er nach einer Weile, »... das war nichts Ernstes.«

»Also«, Eva beugte sich fragend vor, »keine Scheidung?«

Ahrend starrte sie erschrocken an. »Ich würde doch meine Familie nie verlassen! Mensch, ich hab doch Verantwortung!«

Eva nickte verständig.

»Sybille hat sich da ...«, Ahrend suchte nach geeigneten Worten, »... in was reingesteigert.«

»Hhm«, machte Eva, »na ja, klar.« Sie schüttelte spöttisch den Kopf. »Trotzdem zahlst du mal einfach so eine Rate von ihrem Kredit.«

Ahrend seufzte und legte die Stirn in selbstkritische Falten. »Das war ein Fehler, ja.«

***

Keppler saß im Büro vor seinen Notizzetteln, Fotos, Akten und anderen Unterlagen und ging alles noch einmal durch.

»Aktion Selbsthilfe Kinderschutz …«, murmelte er und besah sich nachdenklich die Fotos vom Tatort und von den Schmierereien an Freytags Haustür, »Kinderschänder …«

Zwar war Steinbrecher die Tat nicht nachzuweisen, völlig ausschließen mochte Keppler ihn dennoch nicht. Wahrscheinlicher war aber irgendjemand aus dem Verein oder jemand, der durch den Verein dazu aufgewiegelt worden war. Er hatte Freytag ermordet und versuchte Steinbrecher das nachträglich in die Schuhe zu schieben. Aber wer?

Jemand, der töten gelernt hat, überlegte Keppler, mit einem professionellen Stich ins Herz. Ein Einzelkämpfer. Steinbrecher passte einfach perfekt. Aber wer hatte dann das Wort »Todesstrafe« ans Boot gemalt? War der Mord vielleicht von einer Art Tribunal begangen worden? Von nach außen scheinbar braven Bürgern, die nach der Chorprobe über Freytag zu Gericht saßen und das Urteil gleich vollstrecken ließen? Gott, dachte Keppler, was für eine monströse Vorstellung! Aber dann müsste es mehr Spuren geben, dann hätten sich schon Zeugen gemeldet, da wäre jemandem was aufgefallen. So eine Nummer bleibt nicht unbemerkt.

Und die Opfer-gleich-Täter-Theorie? Was taugte die? Dazu war inzwischen ein ganzer Stapel Akten von Missbrauchsfällen aus den vergangenen Jahrzehnten angeliefert worden – aber wo setzte man da an?

»Das ist doch alles Kraut und Rüben.« Keppler schüttelte unmerklich den Kopf. Und wie passte dieser Nickname dazu?

»Pifama …« Steckte hinter diesem Pseudonym vielleicht Freytag selbst? Angenommen, er hatte es wirklich auf Kinder abgesehen und sie übers Internet angelockt … Aber warum fand man dann keine Hinweise dafür in seiner Wohnung? Was für Fotos hatte er gemacht?

Blieben noch die siebzigtausend Euro aus dem Verkauf seines Bootes. Was hatte Freytag damit gemacht? War ihm das Geld abgenommen worden? Von wem? Vor oder nach dem Mord? Oder hatte er es vielleicht vor seiner hochverschuldeten Exfrau in Sicherheit gebracht? Bevor die Ansprüche darauf anmelden konnte?

Keppler stützte den Kopf in die Hände. »Aber wo ist das Geld?« Gedankenverloren griff er nach dem Schlüssel für Freytags alte Werkstatthalle in der Kulturfabrik.

Vielleicht auf dem Boot? Das war schon von Menzels Leuten gründlich nach Spuren abgesucht worden, und die hatten keine besonderen Verstecke gefunden. Natürlich nicht, denn das war nicht ihr Auftrag. Ihnen ging es nur um verwertbare Spuren.

Keppler erhob sich. Man findet nur das, wonach man sucht, dachte er, zog sich das Jackett über und verließ das Büro.

DREIZEHN

Die Werkstatthalle war von den Ermittlern gesichert und verplombt worden, das Polizeisiegel war unversehrt.

Trotzdem hatte Keppler das Gefühl, dass etwas nicht stimmte. Er versuchte, die Stahltür so leise wie möglich aufzuschließen, aber der Riegel sprang krachend auf, und die alte Tür quietschte. Vorsichtig leuchtete er in die stockdunkle Halle, wartete einen Augenblick und trat dann langsam ein.

Schon oft hatte er darüber nachgedacht, ob es besser war, einen nächtlichen Tatort ohne Taschenlampe zu betreten. Wenn die Augen sich an das Dunkel gewöhnt hatten, sah man zwar nicht alle Details, hatte aber dennoch eine gewisse Rundumsicht. Anders mit einer Lampe. Damit konnte man zwar weit vorausleuchten und sah alles genauer, aber außerhalb des Lichtkegels war man blind wie ein Maulwurf. Als würde man durch einen Tunnel laufen, ohne zu wissen, was hinter den schwarzen Mauern der Nacht war.

Jeder Schritt hallte von den hohen Wänden wider. Keppler blieb stehen, leuchtete herum. Nein, hier stimmte was nicht. Er war nicht allein hier, das roch er, das sagte ihm sein Instinkt. Wer außer ihm war noch in dieser finsteren Halle? Der Täter? Hatte er sich mit seinem Messer irgendwo hinter den Europalettenstapeln versteckt? Wartete er in irgendeinem dunklen Winkel darauf, dass Keppler in die Falle lief?

Ruhig, mahnte er sich, es ist nur ein Gefühl, ein Gedanke. Das Polizeisiegel ist nicht beschädigt – wie also soll jemand hier hereingekommen sein?

Es quietschte über ihm, und Keppler wusste sofort, was es war: die herausgerissene Lüftungsklappe, oben in den hohen Fenstern. Die war nicht durch ein Siegel geschützt. Da konnte jeder unbemerkt rein, der den Weg über die Dächer kannte. Mist, das hätte er bedenken sollen. Er hätte es längst an die Kollegen weitergeben müssen, dass der Täter über die Dächer kam und ging. Eva hatte recht, wenn sie ihn dafür verfluchte, dass er sich nie mitteilte.

Keppler tastete nach seiner Dienstwaffe und öffnete das Hüftholster. Hier war jemand, jetzt wusste er es genau, und dieser Jemand beobachtete ihn. Keppler spürte kalte Angst in sich hochkriechen. Vorsichtig stieg er die Stufen zur Halle hinauf. Er hörte ein seltsames Geräusch, aber das konnte auch der Wind sein, irgendwo da oben riss er an der alten Deckenkonstruktion. Das Pochen dagegen, es wurde immer lauter, war sein eigener Herzschlag.

Keppler schaltete die Taschenlampe aus und steckte sie in die Jackentasche. Der Mond schien durch die großen Fenster, das sollte reichen. Trotzdem musste er sich erst an die Dunkelheit gewöhnen.

Langsam ging er weiter, die Waffe in der Hand, und versuchte, die Nacht zu durchdringen.

Plötzlich hinter ihm ein Knarren, Keppler fuhr mit gezogener Waffe herum. Schatten schienen zu flackern, das bleiche Licht des Mondes reflektierte am Tresen und wurde vom aufgebockten Rumpf des Bootes zurückgeworfen: »Todesstrafe« – daneben der schwarz eingetrocknete Blutfleck am Boden. Das alles sah jetzt in der Dunkelheit noch grausiger aus.

Lautlos tappte Keppler weiter, griff nach der Leiter am Boot und kletterte wie eine Katze hinauf. Ein Knacken im Inneren des Bootes ließ ihn aufhorchen. Vorsichtig stieg er noch eine Stufe hoch und spähte über den Süllrand.

Ein Augenpaar starrte ihn an, dann schossen zwei Hände auf ihn zu, packten die Leiter, stießen sie zurück. Keppler fiel rücklings mitsamt der Leiter, die Pistole schlidderte über den Boden, und der Schatten war noch immer über ihm, eine sehr schlanke, fast zierliche Gestalt! Sie griff aber nicht an, sondern wollte weg: zur Pistole? – Niemals!

Keppler bekam die Gestalt an den Füßen zu fassen. Das Keuchen klang hell, vielleicht ein Jugendlicher? Max Lornsen? Er versuchte ihn zu packen, wurde aber vornübergeschleudert, flog durch die Luft – Himmel, dachte er, mit wem auch immer ich hier kämpfe, der Gegner kann Judo, und zwar gut. Erneut landete er krachend auf dem Boden, rappelte sich aber sofort wieder auf und griff die Gestalt an, bevor die wieder auf die Beine kam, packte sie, drehte ihr die Arme nach hinten – Fesselgriff, dagegen gibt's auch kein Judo.

Plötzlich ging das Licht in der Halle an, überall flackerten Neonröhren auf, so hell, dass Keppler für einen Moment geblendet war.

Dann hörte er Evas Stimme. Ruhig und besonnen. »Bist du klar?«

Keppler blinzelte sie an. »Tag, Eva!« Er erhob sich mühsam, sah, mit wem er gerade gerungen hatte: Es war eine Frau, die Ehefrau des Ermordeten. Sybille Freytag.

Keuchend kam sie auf die Füße, taumelte ein paar Schritte und sank dann erschöpft nieder.

Auf dem Boden lag ein großes, zerrissenes Briefkuvert, Geldscheine quollen heraus, Zweihunderter und Fünfhunderter.

»Das müssen siebzigtausend sein«, Keppler sah Sybille Freytag an, »nicht wahr?«

»Hören Sie, es tut mir leid«, rief sie atemlos, »aber ich habe mir hier nur geholt, was mir zusteht, okay?« Sie lehnte mit dem Rücken an der Werkbank, schloss erschöpft die Augen. »Hans hat mir das Boot geschenkt«, sagte sie und betonte jedes Wort. »Es ist mein Geld!« Sie schüttelte hilflos den Kopf, und ihre Stimme klang zunehmend verzweifelter: »Ich habe zig Rechnungen, ich habe ein Kind, ich muss diese Beerdigung bezahlen. Wissen Sie, was das alles kostet?«

»Woher haben Sie überhaupt gewusst, wo das Geld war?«, fragte Keppler.

»Na, ich hab diese Halle eingerichtet!«

Das war keine Antwort auf Kepplers Frage. Sie würde ja wohl nicht schon beim Einrichten auf mögliche Geldverstecke geachtet haben.

»Kann es sein, dass Sie das Geld schon mal gesucht haben?«, fragte Eva kühl. »Und dabei von Ihrem Mann erwischt worden sind?«

»Das lasse ich mir nicht anhängen«, gab Sybille Freytag zurück, »ich sage nichts mehr ohne meinen Anwalt.«

»Mit dem habe ich vorhin noch über Sie gesprochen«, erwiderte Eva und fügte hinzu: »Er hat gesagt, dass er seine Frau niemals verlassen könnte.«

Sybille Freytag starrte sie ungläubig an. »Das hat er nicht gesagt.«

»Das hat er gesagt.«

»Das hat er nicht gesagt!«, rief Sybille aufgebracht.

»Hat er.« Evas Stimme ließ keinen Widerspruch mehr zu.

Sybille sah keuchend auf. »Wir hatten eine Abmachung.«

»Was für eine Abmachung?«

»Scheiße!« Sybille Freytag schüttelte fassungslos den Kopf. »Das ist so ein Feigling. Ich hätte mich nie darauf eingelassen.«

»Was für eine Abmachung?«, wiederholte Eva ihre Frage mit mahnendem Unterton.

Sybille seufzte. »Erst lass ich mich scheiden und dann er. – Klaus hat mir gutgetan«, erklärte sie, noch immer atemlos, »Hans, der ...«, sie suchte nach Worten, »... der war krank. Der war eifersüchtig«, setzte sie energischer hinzu, »der hat mich verfolgt vor Eifersucht!«

Keppler verzog keine Miene. Obwohl er innerlich kochte, lehnte er scheinbar unbeweglich am Boot. Diese miese kleine Ratte, dachte er, lässt noch nicht mal am Toten ein gutes Wort.

Eva wechselte einen kurzen Blick mit ihm und wandte sich dann wieder Sybille Freytag zu: »Und dann hatten Sie die Idee mit dem Missbrauch. Und waren somit Ihren Mann los.«

»Es war Klaus' Idee«, stellte Sybille klar, »ich habe mich, einen Tag bevor Hans gestorben ist, entschieden, die Klage fallen zu lassen.«

Eva atmete langsam aus. »Wie auch immer Sie das sehen mögen, Frau Freytag«, sagte sie leise, »für das, was hier passiert ist, tragen Sie die Verantwortung.«

Sybille Freytag verzog keine Miene.

»Aber die siebzigtausend«, sagte sie nach einer Weile und sah die Kommissare an, »die gehören mir.«

***

Es war nicht das erste Mal, dass Keppler den Begriff »Menschlichkeit« im allgemein gebräuchlichen Sinne als

Bezeichnung für das »Gute und moralisch Anständige« für völlig verfehlt hielt. Kriege sind menschlich, die Lüge, der Verrat und die Folter, sehr menschlich sind auch Mord, die Vernichtung der Umwelt und der rigorose Raubbau am Planeten. »Unmenschlich« dagegen sind Blumen und Tiere, der Einklang mit der Natur und das Fehlen jeglicher Aggression. – Man sollte das mal korrigieren.

Eva hielt dann immer mit den moralischen Grundregeln dagegen, – auch die seien menschlich, so sei der Humanismus zu verstehen, die Zivilisation.

Aber wie weit ist es damit noch?, widersprach Keppler. In einer Gesellschaft, in der »Arschloch sein« zum guten Ton gehört und Intrigen, Verrat und Mobbing ganz selbstverständlich sind? In der jeglicher Anstand der persönlichen Karriere geopfert wird und sich Menschen gegenseitig aufhetzen, um andere zu vernichten; sowohl psychisch wie auch physisch? Nein, dachte Keppler, das Mittelalter ist nicht vorbei, und deshalb bestand er heute darauf, einen ganz besonders skrupellosen Vertreter der Gattung Mensch noch in dieser Nacht vorzuladen, notfalls mit Polizeigewalt.

Doch Junioranwalt Ahrend kam auch so. Im maßgeschneiderten Anzug und mit perfekt sitzender Krawatte fand er sich gegen Mitternacht im Vernehmungszimmer der Dienststelle ein. Es war wie ein Auftritt: Ja, hier stand er, Klaus-Peter Ahrend, verheiratet, Familie, und trotzdem noch ein Mann, der aus Liebe zu allem fähig war.

»Ich war einfach verrückt nach Sybille«, menschelte er mit reuevoller Bekennermiene und überprüfte seine Wirkung am Spiegelbild auf der blickdichten Scheibe zum Nebenraum. »Es gab eine Zeit, da hätte ich alles für sie getan. Alles!« Er senkte seine Stimme, um sich die perfekte Aura des Leidenschaftlichen zu geben. »Und als dann Steinbrecher seinen Verein gründen wollte, da dachte ich …« Er vollendete seine Darbietung mit einem bekräftigenden Nicken. »… ja genau, das ist es: Das hält der Freytag nicht aus. Da gibt er klein bei und verschwindet.«

»Ist er aber nicht.« Eva zwang sich mühsam zur Ruhe. »Dumm gelaufen, was?«

Ahrend drehte sich langsam von der Scheibe weg. Offenbar hatte er den Leidenschaftlichen so gut gespielt, dass ihm die alte Schulfreundin jetzt alles zutraute, denn sie setzte hinzu:

»Und als Sybille dann noch die Klage fallen lassen wollte, bist du durchgedreht.«

»Ich habe ein Alibi.« Glücklicherweise war er nicht nur ein Mann ungezügelter Emotionen, sondern auch Anwalt. Und als solcher würde er das, was ihm hier vorgeworfen wurde, noch in der Luft fachgerecht zerpflücken!

»Wir hören«, sagte Keppler unbewegt.

»Ich war bei Sybille«, erklärte Ahrend, »die ganze Nacht bis morgens nach dem Frühstück um halb zehn. Die kleine Carla, die kann das bestätigen. Sie schläft bis um halb sieben, und bis halb acht habe ich mit ihr gespielt.« Er lächelte triumphierend. Tja, das war's dann wohl, sonst noch was?

»Sag mal, hast du überhaupt kein Schamgefühl?«, brauste Eva auf. »Du fingierst eine Missbrauchsklage, die Freytag das Leben kostet! Du benutzt seine Frau als Alibi und spielst dann noch den Ersatzpapa für Carla? – Das ist doch nicht dein Ernst!«

»Was heißt hier ›Schamgefühl‹?« Ahrend kniff die Augen zusammen. »Schuld ist immer noch der Mörder!«

»Das«, Eva hielt es nicht mehr auf ihrem Stuhl, »musst du erst mal deinem Gewissen erklären!« Sie lief aufgebracht zur Tür und verließ ohne ein weiteres Wort den Raum.

Ahrend sah ihr verblüfft nach.

»Wo sie recht hat ...« Keppler hob die Augenbrauen, ging ebenfalls zur Tür und schloss sie hinter sich ab.

Es tat diesem sauberen Anwalt Ahrend sicher gut, wenn er trotz des perfekten Alibis den Rest der Nacht im Polizeigewahrsam verbringen musste.

VIERZEHN

»Wenn Freytag hier irgendwo eine Funkfestplatte versteckt hat«, sagte Menzel nachdenklich, »dann kann ich sie orten.«

Er hatte sein Laptop auf dem Schreibtisch in Freytags Wohnung aufgebaut und sah konzentriert auf den Monitor.

»Das Wireless LAN ist aktiviert.«

Eva und Keppler traten neugierig heran.

»Er suchet ...«

Grüne Zahlenreihen flossen über den Bildschirm. Dann eine rote Meldung, »key found«, und ein akustisches Signal.

»... und findet.« Menzel lächelte zufrieden. »Brav, brav.«

Auf dem Monitor flimmerten jetzt die Codes diverser JPEG-Dateien.

Menzel sah die Kommissare an und tippte etwas in die Tastatur. »Ich lad die Bilder runter.«

Es erschienen in schneller Reihenfolge Fotos aus glücklicheren Tagen: Hans und Sybille Freytag auf der Segelyacht und mit Panamahüten in einer karibischen Bodega. Dann eine Nahaufnahme von Sybille, braun gebrannt, Hafenansichten und eine Steilküste am Meer, wieder Sybille, lächelnd und mit einer Tasse kanarischer grüner Soße, zusammen mit Einheimischen auf Gomera und mit Hans Freytag auf einer Hotelterrasse auf Madeira. Sybille Wodka trinkend, eine Strandansicht, die beiden am Meer, eine Ansicht einer Hotelbaustelle irgendwo an der französischen Atlantikküste. Ein Silberkreuz auf braun gebrannter Jünglingsbrust, ein junger Mann, der sich ein Ringel-T-Shirt über den Kopf streift, die nackten Oberkörper zweier junger Männer und wieder eine entblößte Männerbrust mit Kreuzkettchen …

»Stopp«, sagte Eva.

Menzel drückte eine Taste, und man sah das Foto eines jungen Mannes, der Oberkörper frei, das Gesicht mit einem halb über den Kopf gezogenen weißen T-Shirt verdeckt.

Keppler sah genauer hin. Waren das nicht Konturen von Max Lornsens Gesicht? Na, konnte auch Einbildung sein.

Er sah Eva fragend an.

Wenig später hatten sie die Bilder ausgedruckt in ihrem Büro. Es waren Hunderte, und immer zeigten sie die Oberkörper von posierenden jungen Männern, erotisierend und meist nackt, zuweilen mit lasziv über den Schultern hängenden Lederjacken, tief in die Stirn gezogenen Hüten und in engen Jeans mit Nietenledergürteln.

»Nie ein Gesicht«, stellte Eva fest und schüttelte den Kopf, »völlig blöd.«

»Ziemlich ambitioniert«, nickte Keppler fachmännisch. »Aber explizit mit Missbrauch hat das nichts zu tun.«

»Täusch dich mal nicht«, widersprach Eva, »solche Fotos können auch als sexueller Missbrauch angesehen werden.«

»Wieso?«

»Wenn es sich«, Eva nahm einen »Schönfelder« zur Hand und zitierte daraus, »›um aufreizende, geschlechtsbetonte Fotos von Minderjährigen handelt‹.« Sie klappte das Buch zu. »Steht so im Gesetz.«

»Findest du das aufreizend?« Keppler schüttelte den Kopf. »Das sieht man doch überall.«

»Da ist die Grenze zu dem, was man sexuelle Ausbeutung nennt, ziemlich fließend«, erwiderte Eva.

Keppler nickte. »Wenn ich wegen Kindesmissbrauchs angeklagt wäre, würde ich sie vielleicht auch verstecken.«

»Ich auch«, sagte Eva.

Plötzlich meldete sich der Computer mit einem Signal.

Eva und Keppler traten heran und sahen auf den Monitor. »Neue E-Mail«, stand da, Absender: »Pifama«, Betreff: »Wollen wir uns treffen?«

Die Kommissare sahen sich an: Natürlich wollten sie. Und wie!

***

Pifama hatte einen Treffpunkt an der Thomaskirche vorgeschlagen. Nachmittags um drei wollte er dort warten, als Erkennungszeichen sollte die Stylebag dienen.

Eva parkte den Wagen etwas entfernt, in der Burgstraße etwa auf Höhe des Sporergässchens, dann näherten sich die Kommissare von zwei Seiten dem Treffpunkt.

Eva lief weiter die Burgstraße hinunter.

Keppler nahm einen Umweg über die Ratsfreischulstraße und den Dittrichring. So war er auch der Erste, der den Jungen entdeckte. Etwa sechzehn Jahre alt, mit rotem Kapuzenshirt und einem coolen Military-Cap auf dem Kopf hockte er etwas versteckt hinter einer Brüstung an der Thomaskirche. Lediglich die Stylebag hatte er deutlich sichtbar auf die Stufen zum Eingang gelegt.

Keppler winkte Eva, die sich von rechts näherte, und deutete dann auf den Jungen. Eva nickte.

Keppler trat einen Schritt vor und rief den Jungen an: »Pifama?«

Der Junge sah irritiert auf, rief: »Scheiße!«, und machte, dass er wegkam.

Eva sah Keppler an. »Du hättest ihm sagen müssen, dass wir von der Polizei sind.«

»Und dann hauen sie nie ab, oder was?«

Beide stürzten dem Jungen nach. Doch der war schnell wie der Blitz, wetzte über den Thomaskirchhof auf die Bergstraße zu.

Ich bin schneller, dachte Keppler verbissen, auch mit fast fünfzig bin ich noch schneller als diese jungen Burschen!

Das Mentaltraining wirkte. Der Abstand zwischen ihm und dem Jungen verringerte sich.

Ich bin doppelt so schnell, motivierte sich Keppler weiter, mindestens doppelt so schnell!

Ich bin nicht so schnell, dachte Eva erschöpft, während sie mit aller Kraft versuchte, dranzubleiben, verdammt, die rennen ja wie … wie … Keine Ahnung!

Inzwischen hatte der Junge die Bergstraße erreicht, Bremsen quietschten – ein Saab: Fast hätte er ihn erwischt.

Das war's, Freundchen! Keppler flankte sportlich über die Kühlerhaube des Wagens und warf sich wie ein Raubtier auf den flüchtenden Jungen.

Beide landeten auf dem Boden.

»Lassen Sie mich los!«, schrie der Junge.

»Halt die Klappe!«, keuchte Keppler. Er war total fertig, aber er hatte ihn. Zufrieden zerrte er ihn hoch und drehte ihm die Arme auf den Rücken.

»Hast du heimlich trainiert?« Eva kam atemlos heran.

»Eher weniger«, schnaufte Keppler.

»Hey, was soll das?« Der Junge protestierte, doch Keppler hatte ihn fest am Schlafittchen.

»Was soll das?«, rief auch der Fahrer des abgestoppten Saab. Aufgeregt kam er aus seinem Auto und starrte erst auf Keppler und den überwältigten Jungen, dann auf Eva und schließlich auf seine etwas eingebeulte Motorhaube.

»Komm her«, sagte Eva. Sie übernahm den Jungen, und Keppler drückte dem verdutzten Fahrer des Saab seine Visitenkarte in die Hand.

»Kripo Leipzig.«

Der Fahrer sah auf die Karte und den dreien verblüfft nach.

Erst als andere Autos hupten, besann er sich, stieg wieder in seinen Wagen und machte die Straße frei.

Der Junge hieß Lars. Einen Ausweis hatte er nicht dabei, und außerdem fand er es ziemlich gemein, so krass von den Bullen abgegriffen zu werden.

»Gut, Sie haben ein Schild von meiner Tasche gefunden«, rief er, als er von Keppler und Eva in die Dienststelle gebracht wurde. »Na und? Ist es halt irgendwo abgegangen.«

»Nicht irgendwo, sondern am Tatort!« Keppler stieß ihn in den Vernehmungsraum. »Du riskierst eine Anzeige wegen Mordes, wenn du nicht sprichst, hast du das verstanden?« Er drückte ihn auf einen Stuhl und beugte sich drohend zu ihm vor. »Lars!« Er deutete mahnend auf Eva und raunte: »Vor ihr haben schon ganz andere Männer geweint. Glaub mir, es ist besser für dich, sie nicht zu belügen.«

Der Junge schüttelte den Kopf und wollte wieder hoch, doch Keppler hielt ihn fest.

»Also, du warst am Morgen in der Halle!«

»Nein!«, schrie Lars und sprang auf.

»Nein?«, brüllte Keppler und drückte ihn wieder zurück auf den Stuhl. »Willst du mich verarschen?«

»Das bist du, oder?« Eva warf einige von Freytags Bildern mit den nackten Männeroberkörpern auf den Tisch. »Coole Fotos. Haben deine Eltern die schon gesehen?«

»Ich habe Hans nicht umgebracht«, beteuerte Lars und sprang auf.

»Setz dich«, knurrte Keppler und zog ihn wieder herunter.

»Wer war es dann?«, fragte Eva. »Was hast du gesehen, Lars? Wer sind die anderen auf den Fotos?«

»Habt ihr vielleicht noch eine Rechnung offen?«, setzte Keppler eindringlich hinzu. »Zum Beispiel mit Kurt Steinbrecher?«

»Dieser Scheißtyp!« Lars sah hilflos von Keppler zu Eva und wieder zu Keppler. »Der ist doch krank! Hat sich eingeschossen auf Hans.«

»Weshalb?«

Der Junge antwortete nicht.

»War es wegen der Bilder?«, hakte Eva nach. »Wusste Steinbrecher davon?«

Lars nickte langsam. »Irgendwer hat gequatscht. Ich weiß nicht, wer. Und dann ging es los. Steinbrecher ist in Hans' Wohnung eingebrochen, hat alles durchwühlt. Als Hans ihn dabei erwischte, hat Steinbrecher ihn so verprügelt, dass …«

»… es zu einer Verhandlung kam«, sagte Keppler. »Steinbrecher musste Schmerzensgeld zahlen.«

»Das stört den doch nicht«, rief Lars, »der hat doch genug. Der hat immer weitergemacht mit seinem blöden Verein, Flugblätter gedruckt und Hauswände beschmiert …«

»Und dann habt ihr ihm eine von den Farbdosen geklaut.«

Lars senkte den Kopf.

»Ich habe Hans die Spraydose gegeben«, gab er schließlich zu, »damit er bei der Polizei was in der Hand hat. – Ich wollte ihm helfen«, beteuerte er, »aber Hans hat sie nur bei sich ins Regal gestellt. Der wollte niemanden fertigmachen.« Er guckte zu Eva und setzte hinzu: »Er war so was wie ein Vorbild.«

»Ach so«, knurrte Keppler und stand auf. Irgendwo klingelte ein Telefon. Er lief um den Tisch herum und setzte sich dann dem Jungen gegenüber.

Der sah ihn fragend an.

Keppler verschränkte die Hände, stützte sich auf den Tisch und beugte sich zu dem Jungen vor. »Na, dann warst du ihm also noch was schuldig, was?«

Lars schluckte und biss sich auf die Lippen. Dann nahm er das Military-Cap ab und seufzte.

»Jeden Morgen, bevor ich zur Schule gehe«, sagte er nach einer Weile ruhiger, »gehe ich bei ihm vorbei und hol mir ein Brötchen. Vorgestern auch.«

»So früh?«, fragte Eva.

»Ja.« Lars nickte. »Wir hatten Frühstunde. Ich bin rein, und dann lag er da. – Erstochen.«

»Warum hast du nicht die Polizei gerufen?«

Lars sah Keppler an und hob die Schultern.

»Ich sag dir, warum«, antwortete Eva ruhig, »weil du jemanden gesehen hast.« Sie beobachtete ihn genau. »Jemanden, den du kennst. – Wen?«

Der Junge schwieg betreten.

»Lars«, sagte Keppler leise, »du musst wissen, wem du was schuldest und wem nicht.« Er ließ den Jungen nicht aus den Augen und fügte lauter hinzu: »Also, wen?«

FÜNFZEHN

Lars schwieg eisern.

Sie hielten ihn so lange fest, bis die Observation stand – es ging immer noch um Mord –, dann erst ließen sie ihn laufen.

Eva sah ihm vom Bürofenster aus nach, wie er den Hof mit den geparkten Streifenwagen verließ und in der Industriestraße verschwand. Ihm folgte unauffällig ein Zivilpolizist.

»Und?« Eva wandte sich Keppler zu. »Was denkst du?«

»Na ja, wir wissen jetzt, wie die Fingerabdrücke von Freytag auf Steinbrechers Farbdose gekommen sind«, sagte er leise.

»Mehr nicht?«

»Nein.« Keppler schüttelte den Kopf. »Mehr nicht.«

»Aber irgendwer muss die Dose zusammen mit der Tatwaffe in den Müllcontainer geworfen haben!« Eva sah wieder aus dem Fenster. »Vermutlich der Täter, oder?«

»Vielleicht war's Lars«, antwortete Keppler. »Er hat den Toten gesehen, das Messer und die Dose genommen und beides in die Tonne geworfen. Damit alles nach Steinbrecher aussieht.«

»Und wenn es doch die Jugendlichen waren?«

»Mit welchem Motiv?« Keppler setzte sich auf die Schreibtischkante. »Außerdem ein professionell ausgeführter Stich ins Herz – dazu sind die doch gar nicht in der Lage.«

»Dieser Lars«, sagte Eva, »der weiß was.«

Keppler lächelte schwach und stieß sich vom Schreibtisch ab. »Das kriegen wir raus.« Er nahm sein Jackett, öffnete die Tür und ließ Eva den Vortritt.

Kurz darauf saßen sie im Dienstwagen und fuhren über den Leipziger Innenstadtring. Keppler hörte den Funkverkehr ab.

»Hier Wagen zwo, wo seid ihr?«

»Thomaskirche«, knarzte es aus dem Funkgerät, »OP scheint auf jemanden zu warten, geht unruhig auf und ab – Moment, jetzt telefoniert er mit dem Handy.«

»Könnt ihr das Gespräch mithören?«

»Negativ. OP bewegt sich jetzt Richtung Fußgängerzone, scheint aber kein bestimmtes Ziel zu haben.«

»Vielleicht will er zu McDonald's«, mutmaßte Eva.

»OP verschwindet in der Passage!«

»Verdammt, bleibt dran!« Keppler sah kopfschüttelnd zu Eva. »Die verlieren ihn doch hoffentlich nicht.«

»Wird schwierig, da ist um diese Zeit viel los.«

Das Funkgerät meldete sich wieder. »Nein, wir sind noch dran. Aber OP hat was bemerkt, versucht Richtung Altes Rathaus abzuhauen!«

»Haben wir da Leute?«

»Wir haben überall Leute«, beruhigte ihn Eva. »Seit der Wende haben wir hier einen gewaltigen Überhang an professionellen Observateuren.«

»Und die sind alle noch im Dienst?«

»Nur die besten und demokratisch gefestigten.« Sie lächelte spöttisch.

»Na, dann bin ich ja beruhigt.« Keppler lehnte sich im Beifahrersitz zurück.

»Wagen zwo?«

Keppler griff zum Funkgerät: »Wir hören?«

»OP ist jetzt am Hauptbahnhof, Willy-Brandt-Platz.«

»Da sind wir auch«, meldete Eva und deutete auf die riesige Straßenbahnhaltestelle, über die auch Keppler schon geirrt war.

»OP steigt in eine Tram der Linie 11 – die müsste gleich rauskommen!«

»Okay, wir übernehmen!«

Eva wartete, bis die Straßenbahn auf den Ring gerollt war. Sie sahen Lars darin sitzen, das Military-Cap tief in die Stirn gezogen.

»Wir sind dran!« Mit etwas Abstand folgten sie der Bahn.

Es ging die Karl-Liebknecht-Straße hinunter Richtung Süden. Am Connewitzer Kreuz stieg Lars aus und lief die Kochstraße bis zur Scheffelstraße hinunter.

»Ich glaube, ich weiß, wo er hinwill«, sagte Keppler ruhig, »halt mal hier an!«

Eva stoppte. »Max Lornsen?«

»Max Lornsen«, nickte Keppler und stieg aus dem Wagen, »wir treffen uns da.«

Lars rannte fast durch den Vorgarten zum Hinterhaus, in dem die Lornsens wohnten, stieß aber schon im Flur mit Max zusammen, der hastig eine Reisetasche gepackt hatte und damit fliehen wollte.

»Max! Das hat doch keinen Sinn!«, rief Lars und lief ihm nach. »Die kriegen dich doch eh!«

Und in der Tat: Noch im Vorgarten trat ihm Eva entgegen.

»Max«, sagte sie ruhig, doch der drehte ab und flüchtete nach links, wo er über den Zaun in den Hof nebenan hechten wollte.

Doch dort wartete schon Keppler auf ihn. Und hinter der Mauer zum nächsten Garten sprang wütend der schwarze Schäferhund hoch, kläffend und zähnefletschend – und kein Hundekuchen greifbar.

Widerstandslos ließ Max sich festnehmen. Keppler konnte es nicht fassen. Er wollte einfach nicht glauben, dass Max der Täter war. Obwohl er genau über jene Höfe fliehen wollte, durch die auch der Mörder gekommen war.

Aber konnte er es überhaupt sein, wenn der tödliche Stich, laut Dr. Striesow, so professionell war wie die Arbeit eines Killers?

Sie verzichteten auf eine Befragung im Vernehmungsraum A und nahmen Max stattdessen mit nach oben ins Büro, wo ihn Eva mit Freytags Bildern konfrontierte.

»Das bist du, nicht wahr?« Sie hatte das Foto des Jungen in dem weißen, halb über den Kopf gezogenen T-Shirt in der Hand. »Cooles Foto.«

Keppler stand etwas abseits an seinem Schreibtisch. Und wieder hatte er das Gefühl, dass sie den Falschen festgenommen hatten.

Max schwieg.

Eva guckte ihn mitfühlend an. »Du hast Hans Freytag bewundert? – Verehrt?«

Max nickte unmerklich. »Hans hat mir in die Seele geschaut«, sagte er leise. »Ich hab so viel gefühlt, wenn ich in seiner Nähe war.«

Schwul, dachte Keppler, die hatten eine homoerotische Beziehung. Und irgendwem hat das nicht gefallen.

»Sei mir nicht böse«, Eva sah Max an, »aber ich muss dich das fragen: Habt ihr miteinander …?«

»Ach, darum geht's doch gar nicht!«, schrie Max und schlug wütend gegen die Wand. Dann blieb er reglos stehen und setzte leise hinzu: »Er hat es geschafft, dass ich zum ersten Mal stolz auf mich war. Durch die Arbeit am Boot.«

Eva hielt ein Foto in der Hand, das Freytag als Skipper auf seiner Yacht zeigte, gelöst lächelnd und freundlich. »Er war ein netter Typ«, stellte sie fest.

»Hast du ihn erstochen?«, fragte Keppler von hinten.

»Nein!«, rief Max und fuhr herum. »Ich wollte nur mit ihm sprechen. Ihm sagen, was ich fühle. Ich hab gedacht, heute fängt mein Leben an! Ich bin hinten rein, um ihn zu überraschen. Und da …« Er unterbrach sich, senkte den Kopf. »… da lag er.«

»Er war schon tot?«

»Ja.«

»Wann war das genau?«

»Gegen sieben«, sagte Max hilflos, »ich hab gehört, wie Lars reinkam, da hab ich mich versteckt. Kaum war er weg, kam die Kühne. Ich bin hinten raus.«

»Warum hast du nicht die Polizei gerufen?«, fragte Keppler.

»Weil die ihn auch nicht wieder lebendig macht!« Es war ein verzweifelter Schrei. Max schlug die Hände vors Gesicht und drehte sich weg.

Er weinte.

Eva fielen die bunten Schnüre an seinen Handgelenken auf. Sie wusste, wofür sie standen, dennoch fragte sie: »Was hast du denn hier für Bändchen? Die haben doch eine Bedeutung?«

Max sah auf und zuckte die Schultern. »Freundschaftsbändchen halt. Postkordeln. Die liegen bei uns zu Hause überall rum.«

Keppler drehte sich langsam zu ihm um. Postkordeln? Er sah Eva an. Sie erwiderte seinen Blick.

Auch Max spürte, dass er etwas gesagt hatte, was die beiden Kommissare aufmerken ließ.

Kordeln, überlegte Keppler, kleine zweifarbige Bändsel? Hatte er so was nicht auch am Tatort gefunden? Vor der Leiter am Boot?

Er starrte Max an. War er doch der Täter?

***

Sie hatten vierundzwanzig Stunden. So lange konnten sie Max in Gewahrsam behalten, ohne Anklage zu erheben. Danach mussten sie ihn entweder freilassen oder … Aber dafür reichten die Indizien nicht. Zudem konnte Keppler noch immer nicht glauben, dass dieser zarte Junge Freytag ermordet haben sollte. Nicht so.

Ob es einen homosexuellen Hintergrund gab oder nicht – Max hatte diesen Mann geliebt, so viel war klar. Dass aus Liebe Hass wird, kommt öfter vor, enttäuschte Liebe ist ein Mordmotiv ohne Seltenheitswert – und trotzdem: Max?

Nee, dachte Keppler, nie und nimmer. So sehr konnte er sich nicht täuschen.

Sie fuhren in die KTU und ließen einen Abgleich machen zwischen den Bändchen, die Max am Handgelenk trug, und den Fasern vom Tatort. Es dauerte nur Minuten, dann hatte Menzel das Ergebnis.

»Du scheinst das richtige Näschen gehabt zu haben, Eva«, sagte er anerkennend, »der Faserrest vom Tatort passt zu so einer Kordel.«

Das richtige Näschen hatte ich, dachte Keppler. Er stand am Fenster, das Kinn in die Hand gestützt.

»Also war's doch Max?« Er seufzte.

»Nicht unbedingt«, erwiderte Eva. Sie hatte sich vor

den Monitor gesetzt und betrachtete nachdenklich Menzels Vergrößerungen der Faserreste. »Aus dem Hause Lornsen«, überlegte sie, »Postbote, Postkordel, Hundekuchen …« Sie sah Keppler an. »Passt alles zusammen.«

»Hundekuchen?« Keppler hob fragend die Augenbrauen.

»Mhm«, nickte Eva, »viele Postboten haben doch Hundekuchen in der Tasche.«

Stimmt, dachte Keppler, damit sie nicht gebissen werden. Diese aufmerksamen Wachhunde sind für Briefträger ein Problem. Vor allem wenn sie durch die Vorgärten müssen. – Überhaupt: Gärten! Der schwarze Schäferhund fiel ihm wieder ein, dieses kläffende Viech aus dem Garten des Hinterhauses, als er der Spur des Täters gefolgt war. Die Wohnung Lornsen lag genau auf dem Weg. Hundekuchen … Und wenn es Max nicht gewesen war …

Keppler griff sich zögernd an die Stirn. »Also waren es vielleicht die Eltern.«

»Warum?« Nachdenklich starrte Eva auf den Monitor von Menzels Laptop. – Wo war das Motiv?

Diese Angst, dass etwas passiert.

Vor Ihren Augen.

Vor aller Augen.

Etwas, das sie vielleicht hätten verhindern können!

Das hatte Frau Lornsen im »Sachsenhof« gesagt, mit ängstlichem Blick, die Hände verkrampft auf der Stuhllehne. Und ihr Mann hatte sie vergebens davon abzuhalten versucht.

Elke, nicht! Hör auf, Elke!

Aber sie ließ sich nicht abhalten. Da war eine Mutter in panischer Angst um ihr Kind. Ziemlich übertrieben, hatte Eva gefunden, denn Max war schon fast kein Kind mehr. Dann die vielen Bilder von Max in der Lornsen-Wohnung, die rührende Sorge um ihn, dass er genug isst, trinkt, es ihm an nichts fehlt …

Und dieses umsorgte, einzige »Kind« verliebt sich pubertär ausgerechnet in einen Typen, der im Viertel als Kinderschänder gilt.

Reichte das?

Brachte man deswegen einen Menschen um?

Die ganze Fahrt zurück zum Kommissariat dachte Eva darüber nach. Und je näher sie der Dienststelle kamen, desto mehr war sie davon überzeugt, dass es genau so war: Max' Eltern hatten den Hamburger Skipper umgebracht. Aus Angst um ihren Sohn.

»Lornsens Einzelkämpferausbildung, die Mitgliedschaft in Steinbrechers Verein, das aufgeheizte Klima – das passt alles«, sagte sie, als sie mit Keppler das Büro betrat. »Das ist nahezu perfekt.«

Aber nur nahezu, dachte Keppler. Nahezu reicht nicht für eine Anklage, das würde uns jeder Verteidiger um die Ohren hauen.

»Das sind doch alles bloß Indizien«, gab er zu bedenken, »wo ist das Motiv? Warum so viele Messerstiche? Warum schreiben die ›Todesstrafe‹ auf das Boot?« Weil sie in Sorge waren, dachte er. Angst haben, dass ihnen der Sohn entgleitet. Weil er womöglich schwul ist. – Nee, Unsinn, das reichte maximal für einen Schlag in die Fresse. Niemand riskiert deswegen einen Mord und richtet so ein Blutbad an. Er hob ratlos die Hände. »Da fehlt doch irgendwas!«

»Ja«, nickte Eva nachdenklich, »aber was?«

Keppler kratzte sich am Kopf.

»Ich gucke da noch mal nach«, sagte er schließlich und

ging nach nebenan, um sich sämtliche Akten dazu auf den Schreibtisch zu holen.

»Ich fahre schon mal«, erklärte Eva und verließ ebenfalls das Büro.

SECHZEHN

Du willst nicht öffnen.

Es ist gegen neunzehn Uhr, und draußen steht die Polizei und klingelt Sturm. Du willst nicht, aber sie werden die Tür eintreten, wenn du nicht öffnest, und was sollen dann die Nachbarn denken? Du warst immer ein ehrenwerter Mann, hattest nie Schwierigkeiten mit der Polizei. Nun ist sie da. Elke sieht so besorgt aus und protestiert. Das sollte sie nicht tun. Und Max? Gut, dass Max nicht zu Hause ist, er würde das nicht verkraften. Die Polizisten verzichten auf Handschellen. Das ist wichtig, dass man ruhig bleibt. Dann tun sie einem nicht weh. Du wirst mit Elke in einen Streifenwagen gesetzt und zur Kulturfabrik gebracht. Auch das willst du nicht, und wieder versucht Elke etwas zu sagen, aber du hältst sie zum Schweigen an. »Nicht, Elke, nicht!« Ein Polizist führt euch in die alte Werkstatthalle des ermordeten Hans Freytag. Lokaltermin, heißt es. So was kennst du nur aus Filmen.

Die Neonröhren flackern auf und verbreiten eine unangenehme Helligkeit. Zwei Stühle stehen vor dem aufgebockten Boot. »Todesstrafe« – der Blutfleck am Boden wirkt im Neonlicht fast schwarz. Dann verlassen die Uniformierten die Halle und lassen dich und deine Frau allein zurück.

»Hallo?« Du siehst dich unruhig um. Und niemand ist zu sehen. Was soll das? Was wollen sie von dir?

Unruhig siehst du deine Frau an. Du fühlst dich plötzlich ausgeliefert, und das ist nicht gut. Das kannst du nicht aushalten, wenn du ausgeliefert bist. »Hey!«, brüllst du und läufst in die Richtung zurück, in die der Polizist verschwunden ist. »Was wird das?«

Keine Antwort.

Hilflos siehst du dich um und gehst zu deiner Frau zurück. Die guckt besorgt. Auch das ist nicht gut. Nein, Elke! Mach dir keine Sorgen!

»Guten Abend!«

Erschrocken siehst du auf: Oben, auf der Galerie an der Seitenwand der Halle, lehnt die Kommissarin.

»Machen Sie es sich bequem«, fordert sie dich auf, aber das willst du nicht. Immer sollst du es dir bequem machen, und dann tun sie dir weh!

»Sie kennen sich doch hier aus, oder?«

Sie soll aufhören. Aber du weißt, dass es zu spät ist. Du bist ihnen ausgeliefert. Und dann hören sie nie auf.

***

Keppler saß im Büro und suchte verzweifelt ein Motiv. Was konnte den kaltblütigen Mord an Freytag begründen? Sybille Freytag und ihr Liebhaber Klaus Ahrend schieden aus, sie hatten ein Alibi. Steinbrecher und sein Verein? Waren das nur geistige Brandstifter, oder waren unter den Mitgliedern und Unterzeichnern der Todesstrafenlisten möglicherweise Menschen, die selbst Missbrauchsopfer waren, das nie verarbeitet hatten (kann man das überhaupt?) und bei Freytag schlicht durchgedreht waren? Späte Rache für erlittene Demütigungen. Das grenzte einen möglichen Täterkreis auf die Einzelkämpfer beim Bund ein. Und davon gab es drei: Ahrend, Steinbrecher und Lutz Lornsen. Ahrend hatte ein Alibi. Und die anderen zwei?

Keppler sah sich die Missbrauchsakten durch, die er

angefordert hatte. Die Zeit lief ihm davon, und seine Opfer-gleich-Täter-Theorie stand auf tönernen Füßen, denn es gab weder einen Fall Steinbrecher in den Akten – das würde die Lornsens entlasten – noch einen Fall Lornsen.

Also doch Max? Aber der war noch nicht beim Bund gewesen … Vielleicht hatte er das Töten bei seinem Vater gelernt?

Keppler hatte den Jungen in den Vernehmungsraum bringen lassen, so konnte er ihn durch die Scheibe beobachten.

Max saß kerzengerade am Tisch und starrte scheinbar herüber. Bewegungslos. Fragend. Aber die Scheibe war auf seiner Seite blickdicht, Max konnte nicht herüberschauen – er sah nur sein Spiegelbild, sich selbst.

Wenn jemand sich so lange und gerade ins Gesicht schauen konnte, überlegte Keppler, konnte er dann ein Mörder sein? – Vergiss es, das ist Küchenpsychologie, verwarf er den Gedanken und wandte sich wieder den Akten zu.

***

Genauso schlecht hast du dich früher gefühlt. Abhängig und hilflos.

»Ich verhafte Sie«, sagt die Kommissarin, »wegen gemeinschaftlichen Mordes an Hans Freytag«, und Elke regt sich furchtbar auf.

»Das ist ja absurd!«, ruft sie. »Mein Mann war zur Tatzeit im Dienst. Ich selbst habe ihn hingefahren.« Sie verschränkt die Arme über der Brust wie ein trotziges Kind.

Nicht, Elke! Du bist kein Kind!

»Wir können es also nicht gewesen sein.«

Du zitterst. Dabei hast du doch nur dein Kind geschützt. Vor diesen Perversen muss man sich doch schützen. Du hast getan, was nötig war, aber diese Kommissarin versteht das nicht.

»Es sprechen alle Indizien gegen Sie«, sagt sie, aber Indizien sind lachhaft. Damit kann sie dir nichts tun. Trotzdem hast du Angst. Du weißt, dass das nur das Vorspiel ist. Erst reden sie, dann fangen sie an, dich zu streicheln. Du darfst nicht anfangen zu weinen, sonst hauen sie dich. Sie wollen, dass es dir gefällt. Sie wollen, dass du sie küsst. Sie wollen immer mehr. Aber du wirst das nicht mehr tun. Du warst bei der Bundeswehr. Du weißt, wie man tötet. Sie können dir nichts tun. Nicht dir, nicht Elke und schon gar nicht deinem Sohn. Niemand wird deiner Familie etwas tun!

»Das ist alles nur eine Frage der Zeit«, sagt die Kommissarin. »Und in dieser Zeit werden Sie mit Ihrem Jungen reden müssen. Ihm dabei in die Augen schauen müssen. Bis er dann doch die ganze Wahrheit erfährt. Wollen Sie das wirklich?«

Nein, das willst du nicht. Du willst auch nicht, dass sie von deinem Jungen redet. Sie soll ihn raushalten. Er hat nichts getan. Er ist ein guter Junge, in Mathe nur Zweien, hat sie das etwa vergessen?

***

Keppler arbeitete sich durch die Aktenstapel. Die Mädchen nach links, die Jungs nach rechts. Zweihundertachtundsiebzig Fälle in vierzig Jahren, das waren durchschnittlich knapp sieben registrierte sexuelle Missbräuche in zwölf Monaten. Wesentlich mehr Mädchen darunter als

Jungs – die Täter meist Männer, nahe Verwandte und enge Freunde der Familien. Eva würde triumphieren: Damit wäre ihre Idee vom männlichen Triebtäter mal wieder bestätigt.

Plötzlich stutzte Keppler. Eines der Opfer war am selben Tag geboren wie Lutz Lornsen und im selben Jahr: 21. Mai 1972. Auch der Vorname, Lutz, und der Geburtsort stimmten überein: Cospuden bei Markkleeberg.

Keppler schlug die Akte auf und las. Lutz Ortfried Glasing aus Cospuden. Die Ortschaft fiel 1974 dem Braunkohletagebau zum Opfer, die Einwohner wurden umgesiedelt. Die Glasings zogen nach Seiffersdorf zu einem Bruder des Vaters, Herbert Glasing. Der soll dann den kleinen Lutz missbraucht haben, über Jahre hinweg.

Ein Foto klemmte in der Akte. Keppler nahm es heraus und betrachtete es. Der kleine Lutz und sein Onkel Herbert Hand in Hand. Was für Dramen sich hinter so harmlos wirkenden Fotos verbergen können. Und hatte dieser Herbert Glasing nicht auch eine verblüffende Ähnlichkeit mit Hans Freytag? Vom Typ her jedenfalls haute das hin.

Keppler rieb sich nachdenklich die Stirn. War es das? Hatte er gefunden, wonach er suchte?

***

»Schreiben Sie doch bitte mal das Wort ›Todesstrafe‹ auf die andere Seite des Bootes.« Die Kommissarin hat ihren erhöhten Platz auf der Galerie verlassen, hockt nun vor dem aufgebockten Backdecker und hält dir eine Spraydose hin.

Hilflos siehst du zu deiner Frau. Elke, nicht!

»Warum?«, fragt sie. »Das ist doch kein Beweis.«

»Ja«, erwidert die Kommissarin, »wäre ja auch eine Schande bei der vielen Arbeit, die Max hier reingesteckt hat.«

Nein, du willst nicht hören, was Max hier gemacht hat. Das kennst du von früher, und es war die Hölle. Furchtbar, wenn Max das hier auch erleben musste. Er wird ihn gefesselt haben, da oben auf dem Boot. Es gibt dort viele dicke Stricke. Auch du wurdest immer gefesselt. Das machen sie immer, wenn sie wütend sind. Man darf aber nicht weinen, sonst hauen sie dich!

»Wussten Sie eigentlich, dass er seit einem ganzen Jahr hier bei der Restaurierung mitgeholfen hat?« Die Kommissarin stellt die Dose wieder weg.

Aufhören! Sie soll Max da rauslassen. Du willst das nicht.

Aber sie hört nicht auf. Sie redet immer weiter: »Vielleicht haben Sie ja auch Hans Freytag getötet, weil Sie dachten, dass er Ihren Sohn missbraucht hat?«

***

Keppler las in der Akte. Erst 1988 war es zur Anklage gegen Herbert Glasing gekommen. Der damals sechzehnjährige Lutz hatte seiner Freundin Elke vom Missbrauch erzählt, und die, gerade siebzehn geworden, hatte sich sofort an die Volkspolizei in Leipzig gewandt.

Das ist es, dachte Keppler und suchte in der Akte nach weiteren Hinweisen. Angeblich war Lutz Glasing über zehn Jahre lang Opfer seines Onkels gewesen. Bis 1983, da war er elf, und die Familie zog von Seiffersdorf weg nach Leipzig. Die Gründe dafür wurden nicht erwähnt. Nach der Anzeige durch Freundin Elke kam es zu einem Ermittlungsverfahren gegen Herbert Glasing. Doch es wurde nie Anklage gegen den verdienten Aktivisten und beliebten Kreisparteisekretär der SED erhoben. Auf Druck der Parteileitung wurde das Verfahren noch im Herbst 1988 als ergebnislos eingestellt.

Elke, dachte Keppler, und Lutz. Ihm fehlte die Akte aus dem Meldeamt. Laut Aussage von Max hatten seine Eltern 1992 geheiratet, vor Lornsens Zeit bei der Bundeswehr.

Keppler starrte auf das Foto. Der kleine Lutz. War er Max ähnlich?

Keppler erhob sich und sah sich den Jungen hinter der Glasscheibe an, verglich ihn mit dem kleinen Lutz auf dem Foto.

Was wusste Max von der Geschichte?

Und was wusste Steinbrecher, Lornsens alter Ausbilder bei der Bundeswehr?

***

»Aber Hans Freytag hat weder seine Tochter noch Ihren Sohn Max missbraucht.« Die Kommissarin läuft langsam vor dem aufgebockten Boot auf und ab. »Er hat sich einfach nur um die Jugendlichen gekümmert, sich für sie engagiert.«

Du starrst sie hilflos an. Du willst etwas tun, aber du kannst es nicht. Plötzlich bist du wieder der kleine Junge, der nicht weglaufen kann. Elke schämt sich für dich, sie hat den Blick gesenkt. Nicht, Elke, bitte nicht. Ich will das nicht! Nicht hilflos sein, nie mehr!

»Max hatte Hans Freytag sehr gern«, sagt die Kommissarin, »er hat ihm sehr viel bedeutet.«

Das kennst du. Du weißt, was es heißt, wenn man jemandem viel bedeutet. Es tut dir weh, dass du es nicht verhindern konntest. Dass auch Max geliebt wurde. Das tut weh. Liebe tut weh. Du schämst dich. Sie soll endlich aufhören!

»Sie haben einen Unschuldigen getötet.« Du willst, dass sie weggeht, und sie kommt trotzdem auf dich zu. »Vielleicht sogar den besten Freund Ihres Sohnes.«

Geh weg! Warum geht sie nicht? Warum redet sie immer von Max? Sie soll ihn in Ruhe lassen! Du wirst sie töten, wenn sie nicht weggeht. Das kannst du auch ohne Messer. Du hast es gelernt. Du kannst sie erwürgen, das geht ganz schnell. Warum tust du es nicht? Warum machst du nicht Schluss mit deiner Hilflosigkeit? Sieh dir nur Elke an, wie sie sich schämt, weil du noch immer ein feiger, kleiner Junge bist!

»Guten Abend, Herr Glasing.«

Das bist du. Entsetzt starrst du auf den Kommissar und hörst Elkes Stimme. »Was soll das?«, ruft sie, aber der Kommissar achtet nicht auf sie. Er konzentriert sich ganz auf dich.

»Lutz Glasing. So hießen Sie doch noch vor Ihrer Ausbildung zum Einzelkämpfer und bis zu Ihrer Heirat mit Elke Lornsen.«

Er gibt der Kommissarin die Akte und stellt das Foto daraus gut sichtbar auf einen der Böcke, mit denen das Boot in der Halle aufgepallt ist.

»Sie und Ihr Onkel, erinnern Sie sich?«

Nein. Du willst dich nicht erinnern!

»Ihr Onkel Herbert!« Der Kommissar setzt sich auf den Stuhl neben dich. »Das war auch so ein Netter wie Freytag, nicht?«

»Hören Sie auf«, flüsterst du, aber er hört es nicht. Der Kommissar spricht einfach weiter.

»Ein Sonnyboy. Keiner konnte glauben – keiner *wollte* glauben, was er Ihnen angetan hat in diesem Keller!«

»Hören Sie auf!« Plötzlich ist alles wieder da. Du siehst deinen Onkel, dieses feuchte Grinsen, wenn er sich die Hose öffnet. Du bist sein Süßer, du wirst immer sein Süßer sein!

Elke starrt den Kommissar an, gibt sich einen Ruck, rennt zu dem Bild und nimmt es an sich.

»Das können Sie sich nicht vorstellen, was meinem Mann angetan wurde!«

Elke, nicht.

»All die Jahre hat er darunter gelitten.«

Elke! Warum hören die nicht auf damit? Jetzt redet schon wieder der Kommissar.

»Nicht mal Ihre Tante«, sagt er, »die währenddessen das Abendbrot bereitet hat ...«

»Er konnte Max noch nicht einmal richtig umarmen«, ruft Elke, »geschweige denn mich ...«

Aufhören!

»Niemand hat ihn jemals dafür bestraft«, sagt der Kommissar und fügt lauter hinzu: »Und das ist doch wirklich eine Schweinerei, nicht?«

Deine Füße zittern. Du hast Angst. Was will er von dir, warum macht er das? Warum hört er nicht endlich auf?

»Haben Sie Max jemals davon erzählt? Haben Sie mit ihm darüber gesprochen?«

Diese Perversen können nicht aufhören!

»Wussten Sie, dass Missbrauchsopfer oft zu Tätern werden?« Der Kommissar zeigt auf den Rumpf des Bootes mit der roten Schrift: »Todesstrafe«! »An meinen Sohn kommt niemand ran!«

Und plötzlich ist alles ganz klar: Du wirst ihn töten.

Du trägst Handschuhe, zum Töten trägt man immer Handschuhe, haben sie beim Bund gesagt – und plötzlich siehst du die kleine Farbdose im Regal. Rot wie Blut. Dann weiß der Perverse gleich, was ihm blüht. Du schüttelst die Dose, das Urteil ist geschrieben. »Todesstrafe«!

Und dann wartest du, bis er kommt. Bis er sein Urteil sieht und du es vollstreckst. Mit einem einzigen Stich ins Herz ist er tot, aber du stichst weiter auf ihn ein, du kannst nicht mehr aufhören, du bist so wütend:

»Max fasst niemand an. Niemand.«

Es reicht! Du springst auf. Du stürzt dich auf ihn. Du klammerst dich an seinen Hals. *Drück ihm die Luft weg! Erwürge ihn! Mach ein für alle Mal Schluss!*

»Nicht, Lutz!«, ruft Elke entsetzt.

Keppler wurde zu Boden gerissen. Wie ein rasendes Tier hatte ihn Freytags Mörder gepackt und presste ihm mit aller Kraft den Kehlkopf zusammen.

Eva schrie auf und ging dazwischen, konnte aber nichts ausrichten.

Kepplers Gesicht lief blaurot an.

»Lutz, hör auf!«, rief Elke Lornsen gellend und wollte ebenfalls dazwischengehen, doch plötzlich kamen von allen Seiten uniformierte Polizisten heran, zerrten sie weg und befreiten Keppler in letzter Sekunde.

Röchelnd setzte er sich auf, rang nach Luft und hielt sich den Hals.

Lornsen wurde von den Polizisten beiseite geschleift. Alle Kraft war aus seinem Körper gewichen. Zitternd lag er am Boden und schluchzte hilflos. Es war vorbei.

»Wir wollten ihn doch immer nur beschützen«, flüsterte seine Frau. Da sollte nichts Böses sein für Max.

Keine Qualen, lebenslang, wie bei Lutz. Sie wollten ihren Sohn nur schützen …

Und hatten dafür einen Unschuldigen getötet.

Keppler stand auf und streckte sich. Er holte noch einmal tief Luft und sah auf Lornsen.

Der lag zusammengekrümmt am Boden und wimmerte wie ein kleines Kind.

Keppler ging zu ihm, fasste ihn behutsam am Arm.

»Tut mir leid, Herr Lornsen. Kommen Sie!« Er half ihm hoch und führte ihn zusammen mit einem Polizisten ab.

Eva nahm sich Elke Lornsens an, fasste sie an den Schultern und brachte auch sie hinaus.

Wenig später gingen überall in der Halle die Lichter aus. Das aufgebockte Boot versank im Dunkeln und mit ihm die rot aufgesprühten Lettern.

»Todesstrafe«.

EPILOG

Draußen regnete es in Strömen, und in den Pfützen vor dem Eingang zur Kulturfabrik spiegelten sich die flackernden Blaulichter der umstehenden Polizeiwagen.

Lutz Lornsen hatte Handschellen umgelegt bekommen und wurde von zwei Uniformierten abgeführt. Bevor er in einen Streifenwagen gesetzt und abtransportiert wurde, schaute er sich noch einmal nach seiner Frau um.

Sie sah ihn hilflos an. Ein Zivilbeamter kümmerte sich um sie. Lornsen stieg in den Wagen, die Türen wurden geschlossen. Abfahrt.

Die Kommissare standen unter dem Vordach und sahen den davonfahrenden Wagen nach.

»Das war's dann wohl«, sagte Eva, »Steinbrecher und sein Verein dürfen vermutlich weitermachen. Sybille Freytag bekommt eine Anzeige wegen Falschaussage und Verleumdung. Nur Max …«, sie sah Keppler an, »… der muss sehen, wie er damit fertig wird.«

»Er wird das schon überstehen«, meinte Keppler nachdenklich.

Der Regen prasselte, rann durch Abflussrinnen, plätscherte in Rinnsalen die Straße hinunter.

Es schien oft zu regnen in Leipzig in diesem Sommer. Wenn das so weiterging, würde sich Keppler einen Schirm kaufen müssen.

Und wenn die Sonne schien?

Keppler sah Eva an. »Sag mal, kannst du eigentlich segeln?«

Eva lächelte schwach und bedachte Keppler mit einem

fragenden, aber sehr bezaubernden Augenaufschlag. »Auf dem Cospudener See?«

Keppler nickte versonnen. Davon hatte er gehört. Der Tagebau, dem das Örtchen Cospuden zum Opfer fiel, ist heute ein herrlicher See.

»Zum Beispiel«, sagte er schließlich und steckte zufrieden die Hände in die Hosentaschen.

Das Erste

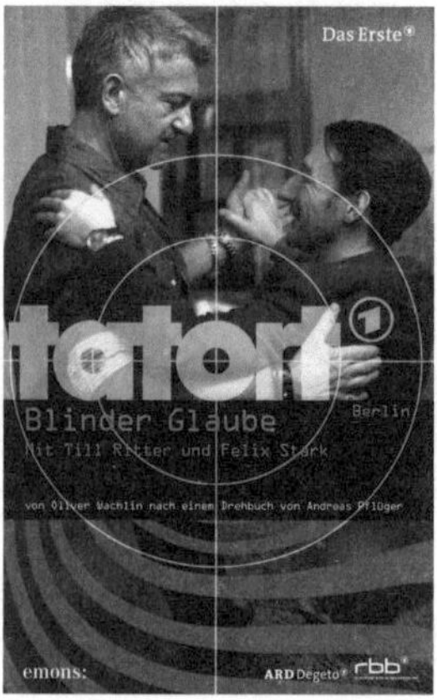

rbb
RUNDFUNK BERLIN-BRANDENBURG

Oliver G. Wachlin
BLINDER GLAUBE
Nach dem Tatort-Krimi von
Andreas Pflüger
Begleitbuch zur gleichnamigen
ARD-Serie »Tatort«
Agentur: WDR mediagroup
licensing GmbH
Broschur, 160 Seiten
ISBN 978-3-89705-660-2

Heilung um jeden Preis

Ein brandneuer medizinischer Chip soll Blinde wieder sehen lassen. Doch kurz vor der bahnbrechenden Operation wird die Chefärztin der Berliner Uni-Augenklinik ermordet. Ritter und Stark geraten in einen Sumpf privater und beruflicher Verwicklungen in der Klinik, der sie für die verblüffende Lösung am Ende fast blind macht.

Das Erste

BR

Martin Schüller
A GMAHDE WIESN
Nach dem Tatort-Krimi von
Friedrich Ani
Begleitbuch zur gleichnamigen
ARD-Serie »Tatort«
Agentur: WDR mediagroup
licensing GmbH
Broschur, 160 Seiten
ISBN 978-3-89705-664-0

Kampf um die besten Wiesnplätze

München kurz vor Beginn des Oktoberfestes: Der Stadtrat, der bei der Vergabe der Wiesn-Lizenzen das letzte Wort spricht, wird ermordet. Während die Kommissare Batic und Leitmayr eine stattliche Liste von Geliebten des Toten abklappern, kämpfen die Wirte um die besten Plätze auf der Theresienwiese.

Das Erste

radiobremen

Christoph Ernst
STRAHLENDE ZUKUNFT
Nach dem Tatort-Krimi von
Christian Jeltsch
Begleitbuch zur gleichnamigen
ARD-Serie »Tatort«
Agentur: WDR mediagroup
licensing GmbH
Broschur, 160 Seiten
ISBN 978-3-89705-666-4

Tödliche Strahlen in Bremen

Sandra Vegener tötet einen Richter und anschließend sich selbst. Zuvor war sie vehement gegen ein Mobilfunkunternehmen vorgegangen, das sie für den Leukämie-Tod ihrer Tochter verantwortlich macht. Inga Lürsen und Stedefreund stoßen schließlich auf die Wahrheit hinter dem äußeren Schein.

Das Erste

SR

Martin Conrath
AUS DER TRAUM ...
Nach dem Tatort-Krimi von
Fred und Léonie-Claire
Breinersdorfer
Begleitbuch zur gleichnamigen
ARD-Serie »Tatort«
Agentur: WDR mediagroup
licensing GmbH
Broschur, 176 Seiten
ISBN 978-3-89705-661-9

Ein Bayer ermittelt im Saarland

Franz Kappl, der neue Kommissar der Kripo Saarbrücken, muss gleich bei seinem ersten Fall beweisen, was in ihm steckt. Eine Kollegin wurde übel zugerichtet tot aufgefunden. Aber plötzlich erscheint das unschuldige Mordopfer in einem ganz anderen Licht.

Das Erste

WDR

Martin Schüller
DIE BLUME DES BÖSEN
Nach dem Tatort-Krimi von
Thomas Stiller
Begleitbuch zur gleichnamigen
ARD-Serie »Tatort«
Agentur: WDR mediagroup
licensing GmbH
Broschur, 160 Seiten
ISBN 978-3-89705-658-9

Jagd auf Ballauf

Kommissar Max Ballauf wird übel mitgespielt: Ein anonymer Anrufer terrorisiert ihn, und eine junge Frau, mit der er vor Jahren einen One-Night-Stand hatte, wird tot aufgefunden. Und aus einer alten Rechnung wird ein tödliches Spiel ...